MES SOUVENIRS

LILLE

L. LEFORT, ÉDITEUR.

LITH. BOLDODUC FRÈRES À LILLE

MES SOUVENIRS

Par une belle matinée d'automne, je traversai les gracieux villages de Saint-Gervais et de Saint-Michel....

MES

SOUVENIRS

PAR MAXIME DE MONTROND

Auteur de *Mes Paillettes d'or*, etc.

.... Et hæc olim meminisse juvabit.

LILLE

L. LEFORT, IMPRIMEUR-LIBRAIRE

M D CCC LVIII

MES SOUVENIRS

I

Un souvenir du Colysée de Rome.

La vue de la Croix, instrument de la liberté et du salut du monde, me rappelle un pieux souvenir de Rome, qui, après plus de douze années, est tout vivant encore dans mon esprit. La Croix sied bien dans tous les lieux : elle est merveilleusement placée au faîte de nos temples, sur nos places publiques, aux carrefours des chemins, à l'entrée des hameaux et des villes. J'aime à la voir dans l'humble mansarde du pauvre, au chevet du lit de l'infirme et du malade. Partout où brille ce signe auguste de notre rédemption, sa vue porte à l'âme des pensées de consolation et d'espérance. Elle est belle aussi, la Croix de Jésus-Christ, sur le sommet du Capitole. Ce n'est point là pourtant où dans ce moment je viens la contempler. C'est dans le voisinage du *Forum romain*, au centre de l'amphithéâtre Flavien. C'est là qu'elle m'apparaît radieuse et singulièrement touchante, sur les débris d'un petit oratoire consacré autrefois sous l'invocation de *Notre-Dame de Pitié*.

On connaît l'histoire du Colysée de Rome, où se reflète en quelque sorte celle de la société depuis près de dix-huit siècles. D'abord cirque magnifique de gladiateurs sous Titus, puis arène de martyrs sous Dioclétien, il devint au moyen-âge un poste militaire, une sorte de redoute que se disputaient des familles rivales; hôpital pendant les pestes, il servit enfin plus d'une fois de lice aux brillants tournois des chevaliers.

Vers la fin du XIVe siècle, plus maltraité par la civilisation renaissante qu'il ne l'avait été par les barbares, le Colysée devint une espèce de carrière d'où l'on extrayait tour à tour le marbre, la pierre ou le bronze qui servirent à la construction de riches palais et de somptueuses villas. Ce fut encore la religion, dans la personne de ses pontifes, qui vint arrêter ce vandalisme et qui sauva d'une destruction totale les débris de ce beau monument.

Le pape Clément X, désireux de le conserver aux arts et de le consacrer à la gloire de la vraie religion, fit construire, autour de l'arène du Colysée, quatorze autels découverts, en mémoire des mystères de la passion du Sauveur. Au milieu on vit bientôt s'élever une chapelle sous la touchante invocation de *Notre-Dame de Pitié*. Plus tard Benoît XIV ajouta divers ornements à l'œuvre de Clément X, et il accorda de nombreuses indulgences aux chrétiens qui viendraient faire en ce lieu le *Chemin de la Croix.*

C'était un vendredi, par une délicieuse soirée de juin. L'*Ave Maria* allait bientôt sonner, et l'on allait voir s'acheminer dans les églises de Rome, selon l'usage, une foule de pieux fidèles qui, la journée finie, s'empressaient de porter à la *madone* leur tribut quotidien de reconnaissance et d'amour. Pour moi, me promenant alors dans le *Forum*, dont je venais presque chaque soir contempler les majestueuses ruines, je voyais d'autres fidèles en grand nombre, des femmes surtout, vêtues d'un certain costume, traverser d'un pas rapide le *Campo-Vaccino*, et préoccupées d'une seule pensée, sans nul souci des temples d'*Antonin et Faustine*, de *Romulus et Remus*, des ruines de la *Basilique de Constantin*, de l'*Arc de Titus*, et de tant d'autres magnifiques ruines qui bordaient leur route, se diriger par la Voie sacrée vers le Colysée. Je suivis le flot de ces chrétiens, et j'entrai avec eux dans l'enceinte du vieil amphithéâtre. Là un religieux et touchant spectacle s'offrit bientôt à mes regards.

Qu'elle est belle, touchante et féconde en fruits de salut, cette dévotion que l'Eglise a bénie, enrichie de nombreuse indulgences, et qui est si connue aujourd'hui sous le nom de *Chemin de la Croix*. En quelque lieu, en quelque état qu'il soit, libre ou captif, en maladie ou en santé, tout simple fidèle peut, une croix à la main, accomplir *un saint voyage* à Jérusalem. Participant aux mêmes graces, il n'a dès lors rien à envier aux vrais pèlerins de la terre sainte. O bonté ingénieuse de notre mère l'Eglise ! Le fidèle le plus souvent ne peut aller à Jérusalem ; voilà que Jérusalem est venue jusqu'à lui....

Mais si cependant, en dehors de la ville sainte, il est un sol béni où le pieux chrétien doit faire plus dévotement le *Chemin de la Croix*, n'est-ce pas dans cette arène du Colysée de Rome, où tant de glorieux martyrs, à l'exemple du Fils de Dieu, ont porté la croix et souffert avec constance la plus douloureuse passion pour l'honneur de la foi chrétienne. Or tel était le tableau édifiant que j'avais en ce moment sous mes yeux. Un moine franciscain, suivi de la foule des fidèles, et principalement des frères ou sœurs du tiers-ordre de Saint-François, parcourait successivement les quatorze stations qui rappellent les mystères de la passion du Sauveur. A chacune d'elles, sa voix, forte, vibrante, chaleureuse, dont une ardente charité faisait surtout l'éloquence, racontait les souffrances du divin Rédempteur, et faisait passer dans l'âme de chacun des auditeurs les sentiments de foi et de céleste amour qui remplissaient la sienne. Après chacun de ses discours, toute l'assemblée tombait soudain à genoux, et, prosternée humblement sur ce sol teint du sang des martyrs, elle répondait, le cœur ému, aux prières, aux chants que faisait entendre le frère séraphique.... Mêlé à la foule des pèlerins, j'écoutais en silence cet orateur populaire, rendu éloquent par son âme et par les souvenirs de la croix qu'il avait constamment devant lui et dont la vue ranimait ses forces épuisées. Il retraçait des images saisissantes de la passion de notre bon Sauveur; et ce peuple de Rome, si facile à émouvoir, s'attendrissait, sanglottait, et de pieuses larmes coulaient de bien des yeux, sur l'arène où jadis tant de larmes de sang avaient coulé des plaies des gladiateurs ou des généreux confesseurs de la foi.

Non, jamais je n'oublierai cette scène auguste et touchante. J'avais compris ce-soir là même, la puissance et la vertu du langage de la Croix dans la bouche d'un orateur sorti du peuple, qui parlait ce langage, les reins ceints d'une corde et des sandales aux pieds... Je sortis du Colysée tout ému, et en regagnant ma demeure, à travers les majestueuses ruines, qu'un beau clair de lune semblait grandir encore et rendre véritablement resplendissantes, je soupirai à voix basse ces premiers mots d'un verset de l'hymne saint que je venais d'entendre : *Je vous salue, ô Croix notre unique espérance* [1] *!...*

[1] O Crux, ave, spes unica. — *Hymne de la Passion.*

II

Soyons contents de notre sort.

Je ne suis pas de ceux qui croient au bonheur, même imparfait, dans ce bas monde. On entend quelquefois dire d'un homme riche qui semble avoir tout à souhait : *Cet homme est parfaitement heureux*. Vaine illusion ! singulier mensonge ! Je veux qu'une heure ait sonné pour vous dans la vie, vous apportant un *bonheur parfait* : savez-vous si l'heure suivante ne va pas le voir s'évanouir ? Quel bonheur que celui qu'un léger souffle, comme un beau château de cartes, peut détruire en un instant !... Je ne m'étonne pas du reste qu'il en soit ainsi. La vie prise au sérieux, telle qu'elle est réellement, est un lieu d'épreuve, une terre de passage..... L'homme, on l'a dit cent fois, est un exilé qui cherche à regagner sa patrie. — Depuis quand l'exilé est-il *parfaitement heureux* ? Il n'aurait donc plus de cœur et d'âme ! Ecoutons plutôt le langage de la foi, qui ne flatte point, mais qui du moins ne trompe jamais : La terre, dit-elle, est un séjour d'épreuve, et partant une *vallée de larmes où les fils d'Eve s'en vont gémissant et pleurant*. — Pourquoi, changeant sa nature, voulez-vous en faire un séjour de suprême félicité?

Bien qu'il en soit ainsi, la bonté infinie de Dieu, cependant, ménage encore à l'homme, sa créature chérie, des jours calmes et sereins. Elle a des secrets merveilleux pour endormir les douleurs de l'exilé; aux âmes pures et saintes, elle donne même parfois des joies délicieuses qui sont comme un avant-goût des joies de la céleste patrie. Mais, sans prétendre si haut, le commun des hommes peut encore, s'il le veut bien, voir s'écouler pour lui, ici-bas, une vie sinon heureuse, du moins exempte de trop de soucis, d'inquiétudes, de misères réelles; et en définitive, le chemin de la terre au ciel, s'il n'est semé de roses, peut se faire cependant sans qu'on rencontre des épines sous chaque pas et des serpents dans chaque buisson de la route. Le secret pour faire ainsi ce chemin consiste, ce nous semble, en ces trois choses : avoir une grande confiance en la souveraine providence de Dieu, modérer ses désirs, être content de son sort.

Si nous étions bien convaincus que Dieu est notre père, que sa providence ordonne tout avec une admirable sagesse et fait tout servir à notre bien, de quel calme, de quelle consolation ne jouirions-nous pas au milieu de tous les événements de notre vie! Mais combien peu de gens pensent ainsi! combien peu savent modérer leurs désirs et rester contents de leur sort! Le *jardin de certain marchand* n'a pas encore sans doute trouvé son maître : qui sait quand il le trouvera?....

Je me souviens, dit un moraliste, d'avoir entendu parler d'un certain marchand fort à son aise, lequel s'étant fait faire un très-beau jardin, avait fait graver au-dessus de la porte, ces mots sur un marbre : *Ce jardin a été fait par moi N. N., pour le donner au premier venu qui peut prouver qu'il est véritablement content.* Or un jour, se promenant dans son jardin, il vit entrer un inconnu qui s'approcha de lui et, après l'avoir salué, lui demanda où était le maître de ce jardin. Le marchand, ayant répondu que c'était lui-même, lui demanda ce qu'il désirait : « Prendre possession de ce jardin, répliqua l'inconnu ; car je vois que vous l'avez fait faire dans le dessein de le donner à celui qui est véritablement content : or, comme je le suis et puis le certifier par serment, vous aurez la bonté, Monsieur, de me le céder. » Le marchand, l'ayant laissé achever son discours sans l'interrompre, lui répondit : « Monsieur, c'est assurément mon intention ; mais comme je ne vois pas d'apparence que vous soyez celui qui peut y prétendre par ce titre, je vous prie de vous retirer ; car si vous étiez content, vous ne demanderiez pas mon jardin [1]. »

A toutes ces personnes, en si grand nombre, qui sont mécontentes de leur sort, qui se plaignent sans cesse d'être perdues, oubliées, incomprises, et qui voudraient briller aux premiers rangs, je conseille un excellent petit ouvrage qui, sous une forme légère, badine, cache de bien précieux enseignements. C'est l'œuvre d'un savant jésuite. On me permettra d'en extraire ici quelques fragments :

« .... Dites-moi, n'y aurait-il pas un plaisant sujet de rire, si ces petites figures que le peintre met en raccourci dans un tableau et qui, ébauchées en quelques coups de pinceaux, sont comme perdues dans l'ombre ou fuyant dans le lointain d'une perspective ; si ces petites figures,

[1] *Pensées et Réflexions morales* du comte d'Oxenstiern.

dis-je, allaient crier à leur maître : « Oh! là, quelle manière est la vôtre? Peignez-nous sous des couleurs plus vives, donnez-nous un meilleur air et employez à notre égard des touches plus fortes qui nous fassent sortir de l'obscurité; faites-nous paraître vives et brillantes, nous aussi sur le devant, comme les figures qui tranchent sur le premier plan; pourquoi nous tracer si mesquinement et nous faire oublier ainsi dans le fond du tableau?» Que si le peintre n'est nullement tenu de rendre raison à ces figurines des procédés de son art, et de leur expliquer comment il a besoin d'un mélange d'ombres et de lumières pour donner à son tableau les saillies, les fuyants, les situations et les arrangements qu'il s'est proposés, Dieu sera-t-il tenu de le faire à l'égard de ses créatures?

» .... Tout état a ses fatigues, et bien fou serait celui qui, pour échapper aux siennes, envierait l'état d'autrui. Si Dieu vous appelle par la voie du mariage, à quoi bon vous dépiter de n'être point un cénobite chantant des psaumes sous un capuchon et tissant des cordes ou des nattes? Si, au contraire, la divine miséricorde vous a donné la vocation religieuse, pourquoi mal souffrir la discipline, le vêtement grossier, la vie retirée, la psalmodie, et porter envie aux marchands, aux soldats, aux courtisans? Si la vieillesse blanchit votre front, calme l'ardeur de votre sang, énerve la vigueur de vos membres, pourquoi supporter avec impatience le poids des années, en murmurant et en enviant la fraîcheur, les graces et la vivacité des jeunes gens? Si la Providence vous a fait naître femme, pourquoi, dégoûtée de vous asseoir devant un dévidoir, un coussin à dentelle ou un petit chevalet, avec une aiguille, un fuseau et des bobines, voudriez-vous manier l'épée et dompter les chevaux? Dieu a réparti les fatigues aves grande justesse, selon les âges, les sexes et les conditions. Pourquoi donc me troubler et me tourmenter à l'occasion de celles qui doivent m'inc mber par mon état?

» ..... Si je reste paisiblement content de ma condition, je ne refuserai donc pas les incommodités, les peines, les fardeaux et les malaises qui en sont inséparables. Je ne m'en irai point troublé, tout essoufflé, gémissant, comme un homme retenu sous un poids énorme qui l'écrase. Que le forgeron ne se plaigne donc pas de la pesanteur des marteaux, de la fumée du charbon, du bruit de l'enclume ou des grincements des limes; car c'est là le métier de forgeron, qui, sans ces outils, ne peut dompter le fer. Oh! ne serait-ce pas une chose neuve, s'il arrivait un jour que le cou, pour se dispenser de la fatigue, se plaignît d'avoir à supporter la tête, que les épaules ne voulussent plus voir les bras accrochés après elles, que les os refusassent d'être recouverts de chair, et les jambes, enfin, de porter le ventre et tout l'édifice du corps?

» ..... A-t-on jamais vu dans les jardins le rosier se lasser de porter des roses, et requérir à leur place, comme plus légers, des marguerites ou des muguets? ou bien le lis demander que sa tête soit ornée d'une pivoine, ou le tulipier vouloir que son front se couronne de narcisses et de la fleur d'aubépine?... Chaque tige porte avec grace la fleur dont la nature l'a ornée, comme chaque arbre se charge volontiers des fruits que la nature lui donne. L'abricotier ne voudrait pas changer les siens avec ceux du cerisier, ni le pêcher renoncer à ses pêches, ni le poirier bergamote troquer avec les poiriers d'ambre, ni les pommiers roussâtres avec les pommiers roses ou ceux de paradis; mais chacun porte et chérit ses fruits propres, encore bien qu'ils courbent ses rameaux et se nourrissent de sa sève..... Et moi je ne me tiendrais point content des fatigues jointes à mon état, et je m'en irais enviant l'état d'autrui comme plus doux et moins fatigant? Sans fatigue, je ne suis plus ce que je suis réellement, et je n'opère point la tâche que je dois opérer [1]. »

La pensée de ce chapitre m'est survenue, au souvenir de quelques braves hommes, bons et pieux, que je rencontre souvent sur mon chemin, mais surtout à l'église, où leur tenue recueillie, leur air calme et serein, me plaisent et me font du bien. Ce sont d'honnêtes ouvriers, de bons pères de famille; mais ils ont un titre de plus à nos respects : ils sont membres de la confrérie des *Pénitents* ou de celle de *Saint-Joseph*, sa sœur et sa compagne. Ces braves gens, dont je veux dire un mot avant de clore cet ouvrage, m'édifient singulièrement. Ils assistent pieusement, dans leur blanc et pittoresque costume, à toutes nos cérémonies religieuses, à nos processions, aux convois funèbres; ils ont un prieur, des dignitaires, des statuts, des réglements; ils chantent ensemble un office chaque dimanche dans une chapelle qui leur est spécialement consacrée. Plus d'une fois, assistant à cet office, à la vue de leur air grave et digne, je me suis cru transporté dans l'église d'un monastère ou dans un chœur de chanoines d'une cathédrale. Quand vient à mourir l'un des *frères*, la confrérie entière se rend à ses funérailles : ces hommes portent sur leurs bras robustes

[1] *L'Art de se réjouir toujours*, trad. du P. de Sarasa. — Bibliothèque de Lille. 1847.

le corps de leur ami, de leur frère, souvent laissé à découvert. Ce pieux cortége m'a toujours semblé extrêmement touchant. Les confréries des *pénitents* sont, comme on sait, très-répandues et jouent un rôle important dans nos cités méridionales. J'aime celles de ma ville natale. Tous ces braves hommes portent une joie placide, une bonhomie sereine sur leur front hâlé, sillonné par les rides du travail. Ils me paraissent être *très-contents de leur sort*. Ils ont peu d'ambition, vivent de peu, et de ce peu qui leur suffit, ils remercient encore chaque jour le Seigneur, dont ils sont heureux et saintement fiers de chanter chaque dimanche la bonté et la grandeur. Encore une fois, j'aime nos *pénitents*, et il m'est doux de leur offrir ici publiquement un tribut de ma respectueuse estime.

IV

On se retrouve dans le ciel.

Præterit figura mundi.

Tout passe, tout disparaît, tout s'évanouit ici-bas, la figure de ce monde, pour parler le langage des livres saints, est comme une *tente qui sera bientôt enlevée.* Un peu plus tôt un peu plus tard, tous s'en vont par le même chemin. Mais quand tout disparaît, quand tout s'efface, rien ne périt de ce qui a été animé un instant du souffle de Dieu. Notre âme immortelle, dégagée de l'enveloppe du corps, recommence alors une nouvelle vie. Que dis-je? C'est seulement alors qu'elle vit pleinement. L'homme ne vit qu'à moitié durant sa vie. On pourrait donc dire que la vie de l'âme ne commence en quelque sorte qu'à la mort du corps, si ce corps lui-même ne devait un jour ressusciter glorieux, pour vivre avec l'âme, sa compagne d'exil, d'une immortelle et bienheureuse vie.

Mais au dessus de toutes ces disparitions d'ici-bas, tristes, déchirantes, le pieux fidèle voit planer une céleste figure dont la vue le console. C'est l'ange de l'espérance; sous ses blanches ailes il porte de mystérieux trésors qu'il étale devant nos yeux ou verse dans notre âme. Parmi eux, je distingue une banderolle rayonnante d'or sur laquelle je lis ces mots : *On se retrouve dans le ciel.*

Il est très-permis de croire et d'espérer que nous nous retrouverons et reconnaîtrons dans le ciel, et que notre félicité s'accroitra de celle de nos amis. Le doute même à cet égard répugne à la nature de notre âme, et la raison s'accorde ici merveilleusement avec la foi, pour nous attacher à cette croyance si douce, si consolante. Oui, dans le ciel, si nous avons le bonheur d'y être introduits, nous reverrons nos parents, nos amis; nous les aimerons d'un amour plus vif, plus tendre, plus parfait, et cet amour qui faisait déjà ici-bas une grande part de notre félicité contribuera encore à augmenter pour nous celle des cieux. Et pourquoi n'en serait-il point ainsi? Nos facultés ne seront point changées dans le monde futur; mais elles seront agrandies, développées, et recevront le complément qui leur manquait. Possédant, autant qu'il peut être donné à une créature, la plénitude de l'être, de la connaissance, de l'amour, l'âme des élus ne perdra aucune de ses affections légitimes, elle les ressentira au contraire beaucoup plus vivement. Elle aimera en Dieu et selon Dieu d'un *amour de bienveillance* tous ceux qu'elle aura aimés sur la terre, et cet amour, ainsi épuré, perfectionné, n'en sera que plus fort, plus solide, plus sublime. C'est là que la reconnaissance et l'amour seront enfin au large, et paieront à l'Etre aimé, le véritable tribut dont tous ceux d'ici-bas n'étaient que de faibles et impuissants arrhes. Un jeune savant, enlevé récemment, à la fleur de l'âge, à la religion et à ses nombreux amis, faisait ainsi ses adieux à sa bien-aimée compagne : « A ma tendre Amélie, qui a fait la joie et le charme de ma vie.... j'adresse des adieux courts comme toutes les choses de la terre. Je la remercie, je la bénis, et je l'attends. *Au ciel seulement je pourrai lui rendre autant d'amour que je lui en dois* [1]. »

Ainsi parle le cœur du chrétien. C'est là haut, et non point ici-bas, qu'il se dilatera pleinement, et qu'il rendra à Dieu d'abord et par-dessus tout; ensuite à ses amis de la terre, le vrai culte de la reconnaissance et de l'amour.

Il semble superflu d'insister sur ce point. Tous les docteurs, tous les saints ont regardé la terre comme un exil, une tente de passage, et le ciel comme la patrie, le bienheureux séjour de *l'éternelle réunion.* Citons seulement quelques lignes du bon saint François de Sales. Voici comment il écrivait à une pieuse dame contre la crainte de la mort : « Considérez les personnes que vous aimez le plus, desquelles il vous fascheroit d'être séparée, comme des personnes avec lesquelles vous serez éternellement au ciel ; par exemple, votre mari, votre petit Jean, monsieur votre père : Oh ! ce petit garçon qui sera, Dieu aidant, un jour bienheureux en cette vie éternelle, en laquelle il jouira de ma félicité et s'en réjouira ; et je jouirai de la sienne et m'en réjouirai, sans jamais plus nous séparer ! Ainsi du mari, ainsi du père et des autres. »

[1] Testament de A. Ozanam. Voir *Bulletin de la Société de Saint-Vincent de Paul*, Octobre 1853. — [2] *Œuvres de s. François de Sales*, lettre 787.

Je connais une autre mère, pieuse et tendre comme la plupart d'entre elles, qui revint un jour d'un sermon sur le *ciel*, l'âme toute bouleversée. D'après certains passages où l'orateur s'était mal expliqué sans doute, ou plutôt qu'elle avait mal compris, elle se figurait que notre âme dans le ciel serait tellement absorbée dans la contemplation des perfections de Dieu et dans le ravissement du divin amour, que tout le reste ne lui serait plus rien, et qu'elle serait dès lors étrangère à toute autre créature comme à tout autre amour. Et cette pauvre mère, qui avait perdu naguère une fille bien-aimée, s'affligeait à la triste pensée de ne pas la retrouver, la reconnaître et l'aimer encore au céleste séjour. Et ce beau ciel, dont on venait de lui vanter les charmes ravissants, ne lui semblait plus désormais l'asile du parfait bonheur... Ma muse chrétienne se sentit émue de pitié pour cette mère, et ce sentiment lui inspira quelques simples strophes qu'on me permettra de rappeler ici :

A UNE MÈRE

C'en est donc fait, dis-tu, dans ta douleur profonde :
Quand pour voler aux cieux elle quitta ce monde,
Mon adieu d'ici-bas était donc éternel!.....
Je me disais : Après l'exil de cette vie,
Oh! je la reverrai dans la sainte patrie :
On se retrouve dans le ciel.

Hélas! non, ô mon Dieu! Cette douce espérance
Qui venait de mon cœur alléger la souffrance,
Et de ce dur calice adoucissait le fiel,
La voilà donc perdue! Elle m'est donc ravie!
Plus ne m'est donc permis de dire : « Après la vie
On se retrouve dans le ciel!...

Quel étrange langage, ô pauvre et tendre mère!
Oh! non, rassure-toi : dans cette coupe amère,
Dieu, qui créa ton cœur, mit un rayon de miel :
Tu reverras ta fille; oh! reprends confiance;
Rattache ta pensée à l'ancre d'espérance :
On se retrouve dans le ciel!....

Quoi! l'amour maternel, si fort et si sublime,
S'éteindrait-il alors qu'en nous tout se ranime
Et près de Dieu revêt un éclat immortel;
Alors que notre cœur, dilatant sa puissance,
Se remplit, comme Dieu, d'une tendresse immense?....
On se retrouve dans le ciel....

Tout me le dit : la foi, la raison, la nature.
Quand Dieu met dans nos cœurs une croyance pure,
Et l'y grave d'un sceau permanent, immortel,
Pourrait-il nous tromper?.... Or le Maître invisible
N'a-t-il pas en nos cœurs mis ce dogme invincible :
On se retrouve dans le ciel? ...

Laisse donc là, crois-moi, ta crainte imaginaire :
Le divin Créateur, dont le cœur de la mère
Est, en ce lieu d'exil, le chef-d'œuvre immortel,
L'aurait-il enrichi de cet amour immense,
S'il l'eût déshérité de ce cri d'espérance :
On se retrouve dans le ciel?....

Jadis le monde a vu la mère la plus sainte
Perdre un Fils bien-aimé, sans que jamais la plainte
Sortît avec l'espoir de son cœur maternel :
Pleine de foi, d'amour, oubliant sa souffrance,
Elle bénissait Dieu, dans la ferme assurance
Qu'on se retrouve dans le ciel.

Comme la Vierge sainte et la plus tendre mère,
Bénis Dieu, prie, attends, et que ta plainte amère
Ne monte plus dès lors au séjour éternel.....
Sans crainte au Paradis que ton cœur s'achemine :
Là, tu retrouveras ta chère Clémentine.....
On se retrouve dans le ciel!....

IV

Visite épiscopale.

Novembre 1853.

Béni soit celui qui vient au nom du Seigneur. Chérissons-le comme notre père. Ecoutons-le avec confiance. Obéissons-lui avec amour! Pourquoi ces mots écrits aujourd'hui au-dessus de l'arc de verdure qui décore le portail de notre église? Pourquoi toute une population en émoi se porte-t-elle en foule vers l'abord d'un chemin en dehors de la ville? Que signifient ce bel arc de triomphe à l'entrée des murs de la cité, et ces inscriptions qui en ornent le faîte? *Le bon pasteur procure le salut du troupeau. Honneur, gloire et amour au pasteur de nos âmes!* Encore une fois, pourquoi tout cet appareil de joie et de solennité?..... C'est qu'aujourd'hui arrive parmi nous *Celui qui vient au nom du Seigneur*, l'évêque, le pasteur, le père de nos âmes. Comment la joie ne serait-elle pas sur tous les fronts, dans un jour qui doit être si riche en célestes bénédictions?

Qu'apporte en effet ce beau jour? Il apporte la paix, l'espérance, la consolation, les graces de toute sorte, tous ces dons, enfin, que notre bon Sauveur épancha sur la terre lorsqu'il daigna venir lui-même l'habiter. Le peuple catholique sait toutes ces choses. Il sait que son évêque est l'envoyé de Jésus-Christ, son image vivante, et que du cœur épiscopal s'épanche aussi une source féconde de trésors et de graces. Voilà pourquoi il se livre à la joie, à la plus vive allégresse. Cloches bénies, sonnez donc à toute volée; musiques guerrières, ébranlez les airs de vos fanfares; clergé, magistrats, femmes, enfants, peuple tout entier, sortez de vos demeures, et accourez tous au-devant de *Celui qui vient au nom du Seigneur.*

Quel spectacle touchant! C'est au milieu de tout cet appareil de fête délicieuse, c'est sous un arc gracieux de verdure, où il s'est arrêté un instant à son arrivée, que je viens de le voir, ce digne évêque de Nîmes, cette vivante image du bon saint François de Sales. Quelle simplicité, quelle bonté, quelle douce gravité dans ses traits et sa démarche! Mgr Cart, ce vrai modèle d'un saint évêque, est entouré, en quelque lieu qu'il porte ses pas, de la vénération et de l'amour de tous ses diocésains. C'est, dans toute la force de l'expression, le bon pasteur qui chemine à travers un troupeau chéri, le père tendre qui marche au milieu des témoignages de reconnaissance et d'amour de tous ses enfants. Dans le vaste diocèse qu'il gouverne, il y a bien des brebis que l'hérésie protestante éloigne du bercail; mais elle lui sont chères également, et, comme autrefois Fléchier, son illustre prédécesseur, il s'efforce de les ramener à la vraie bergerie par les voies de la douceur et d'une infatigable charité. En attendant, ces pauvres brebis le connaissent; elles l'estiment et le vénèrent. Quand il parcourt les villes, les campagnes, les mères protestantes lui amènent leurs petits enfants à bénir, et se courbent elles-mêmes pour avoir part à sa bénédiction. Un protestant à qui l'on reprochait de s'être agenouillé pour recevoir la bénédiction d'un vieil évêque, disait, comme pour s'excuser: « Après tout, la bénédiction d'un *bon vieillard* ne peut pas faire de mal. » Combien de nos frères séparés se sont dit à leur tour, en relevant leur front béni par le pieux évêque de Nîmes : Après tout la bénédiction *d'un saint* ne peut jamais faire de mal!

Je voudrais maintenant rapporter quelques-unes des belles paroles que le digne apôtre, à la voix forte et pénétrante, a fait entendre sous les voûtes de notre église au milieu d'une population saintement avide de recueillir les premiers accents de son cœur paternel. Il parlait du *prix des âmes;* car cette inscription qu'il avait lu sur un arc de verdure, *Honneur, gloire, amour au pasteur de nos âmes,* venait de lui rappeler, disait-il, le but de sa mission parmi nous.

« Il vient donc pour nourrir nos âmes, les éclairer, les diriger dans la voie du ciel, pour les sauver enfin. Sauver une âme!... Quelle conquête! Mais c'est plus que conquérir une province, un royaume, le monde tout entier! Une âme est le prix du sang de Jésus-Christ.... Elle est donc d'une valeur infinie. Heureux celui qui peut sauver une seule âme! Il a rempli sur la terre une belle mission; il a droit à une couronne céleste. Voyez ce jeune missionnaire qui aborde sur de lointains rivages: il est plein d'ardeur; devant lui s'ouvre une carrière immense.... Mais Dieu en a ordonné autrement... Dès les prémisses de son apostolat, le jeune apôtre succombe victime du climat ou peut-être martyr de son zèle. Que lui importe? Il a sauvé une âme; il a dès lors assez vécu; il meurt content, et plein de confiance dans le salaire qui doit payer cette belle conquête. Oh! sauvez donc une âme, mes chers enfants, mais sauvez aussi la vôtre, gardez-vous jamais de la souiller, de la ternir. Dites-moi, si vous aviez entre vos mains le portrait d'un père chéri, le laisseriez-vous s'effacer, se gâter, se briser? Non, sans doute. Vous l'entoureriez de soins, de vénération. Que ne devez-vous donc pas faire pour conserver dans sa beauté, dans sa pureté, votre âme, créée à l'image et à la ressemblance de Dieu, votre père du ciel?»

J'aime cette éloquence du cœur, qui sans apprêts, sans recherche, s'épanche ainsi en toute simplicité sur un troupeau fidèle, comme une source limpide et féconde qui coule naturellement et sans efforts pour rafraîchir le voyageur. Tel est le genre d'éloquence du digne évêque de Nîmes. En lui, c'est le cœur qui parle et un cœur brûlant de charité. Il mêle volontiers à son langage des images familières, des paraboles touchantes, comme autrefois le Sauveur Jésus; il est ainsi entendu, compris de tous, et sa parole porte partout des fruits abondants. Quand il répète d'une voix forte, accentuée, ces mots qui reviennent souvent, *Mes bien chers frères*, *mes chers enfants*, on sent que c'est bien réellement un frère, un père qui vous parle. Dès lors l'auditoire touché *l'écoute avec confiance*, *lui obéit avec amour*.

Il est, dans la vie des évêques, des moments qui doivent leur être bien doux, bien délicieux. C'est lorsqu'ils voient une population presque entière accourir vers eux, rechercher avidement leur bénédiction, et profiter des fruits de grace et de salut qu'ils viennent lui apporter! Oh! comme alors ils se sentent dédommagés, payés de leurs fatigues! Que le poids de leur fardeau pastoral, parfois si lourd et si pénible, leur semble doux et léger! Une joie pure rayonne sur leur front, et leur cœur paternel s'ouvre aux émotions d'un céleste bonheur.

Vous l'avez ressenti ce bonheur, vénérable évêque de Nîmes, dans cette sainte matinée du dimanche, pendant que vos mains bénies distribuaient le pain eucharistique à plus d'un millier de mes bons compatriotes, et pendant qu'elles s'étendaient ensuite sur un nombre presque égal d'enfants ou de jeunes gens, pour appeler sur eux les dons de l'Esprit-Saint! Qui ne serait ému, consolé, par un tel spectacle? Ah! puissent de pareilles scènes réjouir, consoler votre cœur, dans ces autres villes ou villages où vous allez porter vos pas, et qui déjà tressent des fleurs et des guirlandes pour fêter l'arrivée de *celui qui vient au nom du Seigneur*. Nos vœux, ô saint évêque [1], vous accompagnent partout, et surtout dans ces bourgs escarpés, suspendus comme des nids d'aigle au flanc des montagnes, où demain peut-être vous allez gravir péniblement. Le bon pasteur, entraîné par son zèle infatigable, veut connaître et bénir chaque portion de son troupeau. La charité pénètre au bout du monde. Les bons habitants d'un de ces bourgs

[1] Mgr Cart a terminé en 1857 sa carrière épiscopale, durant laquelle il a fait revivre l'aimable et saint évêque de Genève. M. l'abbé Azaïs a publié la vie de cet éminent prélat, qui rappelle, par les qualités du cœur, par les sollicitudes quotidiennes d'un ministère d'immolation et de charité, les évêques qui, aux divers âges du christianisme, surent commander l'admiration et inspirer l'amour même à leurs ennemis.

reculés dont je parle, n'ont jamais vu figure de prince ou de monarque; mais ils ont pu contempler plusieurs fois les traits vénérables de leur évêque; demain encore, les échos de la montagne et les bords de la Céze porteront au loin les chants et les cris d'allégresse qui vont saluer son fortuné retour [1].

[1] Le village de la Roque, à deux lieues de Bagnols.

V

Le fils de Monique et l'amante du Sauveur.

28 août 1853.

Aujourd'hui l'Eglise honore le souvenir d'un de ses plus illustres docteurs, d'un saint qu'on pourrait appeler *incomparable*, au point de vue des enseignements précieux que nous offre son histoire. Ces enseignements sont nombreux; je n'en rappelerai qu'un seul en ce moment. Une institution admirable, qui produit chaque jour des fruits merveilleux, a choisi pour l'un de ses patrons le grand évêque d'Hippone. C'est sous ce titre que je viens considérer saint Augustin, patron de l'*Archiconfrérie pour la conversion des pécheurs*. J'associerai à son souvenir celui d'une illustre sainte, dont l'Eglise a consacré la gloire en lui donnant le titre insigne d'*Amante du Sauveur*.

S'il est, dans les touchants récits de l Evangile, un fait qui semble dominer tous les autres, n'est-ce pas la miséricordieuse tendresse de Jésus envers les pauvres pécheurs? Dans combien de paraboles ne se révèle-t-elle pas! C'est la drachme perdue, la brebis égarée et ramenée au bercail sur les épaules du bon pasteur; c'est l'enfant prodigue dont le retour comble de joie le père de famille... Sous ces images, et sous tant d'autres encore, le Sauveur Jésus nous dévoile sa bonté, son amour, son désir immense de oir les pécheurs revenir à lui et reconquérir leurs droits à l'héritage éternel. Or qu'est-ce maintenant que l'histoire de saint Augustin, comme celle de sainte Madeleine, sinon une réalité vivante, où brillent, bien mieux encore que dans les paraboles, l'ineffable tendresse de Jésus pour les pécheurs et son ardent désir de les voir retourner au bercail?

Le jour du triomphe de la grace avait lui enfin. Augustin, retiré à l'écart dans un jardin, s'était jeté sous un figuier, et tout épuisé des longs combats qui déchiraient son âme, il laissait des torrents de larmes s'échapper de ses yeux. Il entend soudain une voix inconnue qui répète plusieurs fois en chantant: *Prenez et lisez, prenez et lisez.* Il retourne à l'endroit où Alype, son ami, était resté, et où il avait laissé les *Epîtres de saint Paul.* Il prend le livre, l'ouvre, et ses yeux tombent sur ce passage: *Ne passez pas votre vie dans les festins et l'ivrognerie, ni dans les débauches et l'impureté, ni dans un esprit d'envie et de contention; mais revêtez-vous de Notre-Seigneur Jésus-Christ, et gardez-vous de contenter les désirs déréglés de la chair*[1]. Dès ce jour, le fils de Monique, le disciple d'Ambroise, devint un homme nouveau. Simple néophyte chrétien, bientôt évêque

[1] Ep. ad Roman. XIII, 13 14.

d'Hippone, illustre docteur de l'Eglise, l'aigle d'Afrique avait enfin vaincu : il avait rompu ses liens, secoué la fange qui souillait ses ailes, et pris un sublime essor. Son regard, devenu plus perçant et plus pur, s'était arrêté sur le divin Soleil des intelligences, foyer de la vraie lumière, de la véritable vie. Désormais ses jours se consumeront à exprimer en traits éloquents les rayons de ce Soleil dont il se montrera ici-bas une brillante image.

Quand on étudie la vie de saint Augustin, on découvre bientôt dans cet illustre docteur, l'un des saints qui ont le le plus aimé Dieu, l'un de ceux aussi que Dieu à le plus aimés. Il est des saints qu'on représente quelquefois avec un soleil d'or sur la poitrine, comme signe de l'amour divin qui brûlait dans leur cœur. Quel saint mieux que l'évêque d'Hippone mérita ce glorieux attribut ! Son cœur ardent, impétueux, dévoré d'une si grande puissance d'amour, ce cœur qui s'était jeté avec tant d'avidité sur les créatures, et que nous voyons ensuite si dévoué à une mère, à un fils, à des amis ; quand une fois il a trouvé enfin la souveraine beauté, il s'y attache de toutes les forces dont il est capable. *Que j'ai commencé tard à vous connaître et à vous aimer, ô beauté si ancienne et toujours nouvelle ! Que j'ai commencé tard !... Vous étiez avec moi, et je n'étais point avec vous* [1].... Ainsi soupirait dans sa plainte sublime l'illustre pénitent. Et, comme pour suppléer à ce retard si pénible à son cœur, il voulait du moins que ce cœur débordât d'amour pour cette *beauté si ancienne et toujours nouvelle*, dont il avait enfin découvert les amabilités infinies. C'est ce qu'on reconnait à chaque page dans son livre admi-

[1] Saint Augustin, *Confess.*

rable des *Confessions*, dans ces autres écrits, et en général dans tous les actes de sa vie qui suivirent l'époque mémorable de sa conversion.

Mais cet illustre amant de Dieu en fut aussi grandement aimé. Le père de l'enfant prodigue, qui accueillait dans ses bras avec tant d'amour son fils égaré, se montre ici avec toutes les magnificences de sa prodigieuse tendresse. Voyez-le abaissant ses tendres regards sur Augustin, lui dire avec la familiarité d'un ami parlant à son ami : « O toi, qui as contristé l'Eglise par tes erreurs et tes égarements, tu vas être désormais la colonne et le soutien de cette même Eglise; voilà que je vais enrichir ton cœur de tous les trésors de la science divine, et ta bouche d'or enseignera la vérité. » Augustin, comblé, dans son intelligence et dans son cœur, des plus précieux dons du divin Maître auquel il avait consacré toutes ses belles facultés, remplit dignement ici-bas la plus haute mission qu'il soit donné à l'homme d'accomplir : celle de défendre et de sauvegarder la vérité dans le monde.... On connaît ses écrits, son histoire. Ce n'est point ici le lieu de les rappeler. Remarquons seulement que son éloquence trouvait dans son cœur l'une de ses principales sources. Quel autre écrivain a mieux justifié, ce semble, le célèbre adage : *Pectus est quod disertos facit* [1] ?

Et maintenant je dis qu'il y a, dans cette belle histoire de saint Augustin, un enseignement précieux et des trésors d'encouragements et de consolations pour les pauvres pécheurs. Quand l'âme fatiguée d'errer d'objet en objet sur toutes les créatures, dont aucune n'a pu lui donner le repos et la félicité, se tourne enfin toute haletante vers des biens plus

[1] Le cœur est ce qui fait les éloquents.

solides et plus sûrs, quelle pénible pensée la retient encore enchaînée dans son vol? Ah! n'est-ce pas surtout la défiance et le découragement? L'âme, à la vue de sa misère, est comme saisie d'effroi; elle ne peut croire à un bon accueil de la part d'un Dieu de toute justice, de toute pureté. L'homme qui a failli une fois contre l'honneur dans le monde, quoiqu'il fasse désormais, ne se réhabilitera que faiblement. Une tache indélébile est attachée à son nom: aurait-il la vertu des anges, le monde, si corrompu lui-même, ne lui pardonnera jamais entièrement; et s'il reprend son rang dans la société, cet homme ne reviendra jamais briller aux premières places. — N'en sera-t-il point ainsi pour nous dans les rangs de nos frères? sont tentées de s'écrier les âmes égarées que la grace pousse au sein du bercail. Pouvons-nous espérer une autre place qu'aux derniers rangs? — Et cette pensée les attriste et les décourage.... Oh! détrompez-vous, âmes faibles et timides; non, Dieu notre bon Sauveur ne juge point comme le monde; l'amour divin, s'il brûle en vous, est un feu dévorant qui épure tout, et peut donner au repentir la splendeur de l'innocence. Reprenez-donc confiance et courage en contemplant aujourd'hui le grand Augustin, si ami de Dieu, si élevé dans la gloire. Quelle que soit votre ambition, âmes généreuses et coupables, mais sincèrement repenties, rassurez-vous; elle peut être satisfaite. Laquelle d'entre vous ne porterait envie à la destinée de l'évêque d'Hippone, et ne s'estimerait bien heureuse de figurer un jour à ses côtés dans les demeures du ciel!

A saint Augustin, j'associerai un instant sainte Marie-Madeleine comme un autre exemple ménagé par la bonté de Dieu pour encourager et fortifier les pauvres pécheurs qui hésiteraient encore à rentrer dans le chemin de la vertu. Quelle est donc cette illustre sainte, l'une des créatures qui ont le plus aimé Dieu et qui en ont été le plus aimées ; cette sainte si élevée en gloire dans les cieux, et que l'on honore sur la terre dans des temples magnifiques, à Rome, à Gênes, à Paris et dans bien d'autres capitales, cette sainte dont les restes vénérés reposent dans l'antique basilique de Saint-Jean de Latran, sous l'autel même du chœur des chanoines ?.... C'est une grande, une pauvre pécheresse de Jérusalem.... Nous rappellerons ici quelques traits de son histoire.

J'ai entendu le P. Lacordaire, dans un discours sur *sainte Madeleine*, tenir à peu près ce langage : « Le Sauveur Jésus, qui était la pureté même, n'a permis qu'à une seule femme ici-bas, la sainte Vierge exceptée, de toucher ses membres vénérables. Cette femme privilégiée, c'est Madeleine, encore pécheresse, mais que la grace et l'amour divin allaient bientôt changer en une illustre sainte. — Se tenant derrière Jésus à ses pieds, dit le texte sacré, elle commença de les arroser de ses larmes, et elle les essuyait avec ses cheveux, les baisait et les embaumait de parfum. Et le pharisien qui avait invité Jésus, s'en étonnait, disant en lui-même: Si cet homme était un prophète, il saurait sans doute qui est celle qui le touche.... Jésus, se tournant vers la femme, dit à Simon : Voyez-vous cette femme ? Je suis entré dans votre maison : vous ne m'avez point donné d'eau pour me laver les pieds, et elle me les a arrosés de ses larmes et les a essuyés de ses cheveux. Vous ne m'avez point donné de baiser; mais elle, depuis qu'elle est entrée, n'a point cessé de me baiser les pieds. Vous ne m'avez point répandu d'huile sur la tête, et elle m'a répandu sur les pieds une huile de parfum. C'est pourquoi je vous déclare que beaucoup de péchés lui sont remis, parce qu'elle a beaucoup aimé.... Après cela, il dit à cette femme : Vos péchés vous sont remis.... votre foi vous a sauvée, allez en paix [1]. »

La suite de la vie de Madeleine pardonnée nous la montre attachée par la reconnaissance aux pas du Sauveur. Elle l'accompagne partout où il va, écoutant les instructions qui sortaient de sa bouche, lui prodiguant ses soins et partageant avec lui ses biens temporels. Lors de la passion de son divin Maître, elle ne l'abandonne point dans ses souffrances; elle monte avec lui le Golgotha, pleurant, gémissant, portant non point une croix de bois, mais la croix du cœur, plus cruelle encore. Témoin de son supplice, elle en partage toute l'horreur : « Auprès de la croix de Jésus, étaient Marie sa mère, Marie de Cléophas, sœur de saint Marc, *Marie-Madeleine* et saint Jean; les êtres que Jésus avait le plus aimés. » — Heureuse association, heureux état que d'être auprès de Jésus sur la croix ! » s'écrie le cardinal de Bérulle.

Enfin Madeleine n'abandonna point après sa mort celui qu'elle n'avait point quitté durant son pélerinage sur la terre. Elle acheta des parfums, et, suivie de quelques femmes pieuses, elle se rendit au tombeau de son divin Maître pour l'embaumer. Pendant le chemin, elles étaient inquiètes sur le moyen d'ôter la pierre du sépulcre; mais elles trouvèrent, en arrivant, qu'il était ouvert. Madeleine, ayant regardé dans le tombeau, et ne trouvant point celui qu'elle cherchait, courut aussitôt porter cette nouvelle à Pierre et à Jean : « Ils ont, dit-elle, enlevé le Seigneur,

[1] S. Luc. VII.

et je ne sais où ils l'ont mis. » Pierre et Jean vinrent à l'instant reconnaître la vérité par eux-mêmes. On connaît la suite de ce récit. Les deux disciples, ayant appris par les saintes femmes, l'apparition de deux anges vêtus de blanc, dont l'un avait dit que Jésus était ressuscité, furent remplis d'étonnement et allèrent rejoindre les autres apôtres à Jérusalem.

Pour Madeleine, rien ne put lui faire abandonner le tombeau où le corps de son Sauveur avait été déposé. En dehors du sépulcre, dit l'Evangéliste, « Marie était debout, pleurant. » Or, pendant qu'elle se lamentait ainsi, elle aperçut les deux anges vêtus de blanc, qui lui dirent : « Femme, pourquoi pleurez-vous ? — C'est, répondit-elle sans être distraite de son amour, qu'ils ont enlevé mon Seigneur, et je ne sais où ils l'ont mis. Lorsqu'elle eut dit cela, continue l'Evangile, elle se retourna, vit Jésus debout, et ne savait pas que ce fût lui. Et Jésus lui dit : Femme, pourquoi pleurez-vous? qui cherchez-vous? Elle, croyant que c'était le jardinier, lui dit : Seigneur, si c'est vous qui l'avez enlevé, dites-moi où vous l'avez mis, et je l'emporterai[1]. » La sainte est tellement occupée et remplie de son bien-aimé, qu'elle ne le nomme point : tout le monde n'est-il point comme elle, et n'entend-il pas de qui elle parle? Elle oublie sa propre faiblesse et se croit capable de porter un corps pesant. Quelle charge paraît impossible au véritable amour ?

Le Sauveur, touché de ses plaintes et de son pieux désir, l'appelle par son nom : aussitôt Madeleine, ouvrant les yeux de l'esprit, aperçoit son divin Maître. Transportée de joie,

[1] S. Jean xx.

elle se jette à ses pieds et veut les embrasser. Mais Jésus lui dit : *Ne me touchez pas, car je ne suis pas encore monté vers mon Père; mais allez vers mes frères, et dites-leur de ma part : Je monte vers mon Père et votre Père, vers mon Dieu et votre Dieu.* Ainsi Madeleine fut la première à qui Dieu se manifesta après sa résurrection; elle fut la première messagère de la grande nouvelle qui allait confirmer la divinité de Jésus-Christ. Quelle grace insigne ! Quelle haute récompense de cet ardent amour qui l'avait si constamment retenue auprès de son tombeau !

Arrêtons-nous ici. Ces simples études nous semblent fécondes en enseignements. Nous n'avons pu qu'effleurer ce sujet; mais nos regards, dirigés par la foi, y entrevoient un vaste champ de divines harmonies. Saint Augustin et sainte Madeleine sont tous les deux les patrons spéciaux, les amis, les avocats puissants des pauvres pécheurs. O vous donc, hommes coupables, qui n'osez revenir à la vertu par défiance de la bonté de Dieu, levez les yeux, et contemplez dans le ciel les patrons, les appuis de votre faiblesse. Ces patrons, ces appuis furent d'abord, comme vous, faibles, coupables, malheureux. Ils jouissent aujourd'hui des plus insignes honneurs sur la terre, et dans le ciel ils occupent les premières places auprès de ceux que le Dieu de l'innocence et du repentir a le plus aimés. En faut-il davantage pour vous décider à vous jeter entre les bras de votre Père des cieux ?

VI

La Croix, c'est l'arbre de la liberté.

14 septembre 1853.

De la fenêtre du cabinet de travail où j'écris ces lignes, j'aperçois une grande croix, principale ornement de la place de Bagnols, de cette place, vaste et régulière, garnie au pourtour d'un rang d'arcades, et *l'une des plus belles de la province du Languedoc*, dit dans son langage trop flatteur un ancien écrivain[1]. A côté de cette croix, on a vu naguère, durant quelques années, un arbre gigantesque qui portait fièrement dans les airs sa tête couronnée d'un bonnet phrygien. C'était *l'arbre de la liberté*, sinistre symbole, dont la vue, grace à Dieu, a disparu des places et des rues de nos paisibles cités. Ici donc, comme ailleurs, cet arbre a été enlevé ; aujourd'hui la croix apparait seule, plus radieuse, et nul ne regrette ce superbe voisin qui semblait insulter au signe auguste de notre rédemption.

[1] D'Expilly, *Diction. géograph. de la Gaule.*

O croix, je te salue en ce jour de ton exaltation, qui me rappelle l'un de tes plus beaux triomphes. Remontant le cours des siècles, je me transporte à ce jour mémorable, où l'on vit un empereur romain, vainqueur du roi de Perse, entrer dans Jérusalem, en portant sur ses épaules la croix de Jésus-Christ, qu'il venait replacer lui-même, aux acclamations du peuple chrétien, dans l'église du Saint-Sépulcre[2]. Quel solennel et éclatant triomphe ! Mais, laissant à l'écart cet auguste et pieux souvenir, je veux aujourd'hui en rappeler un autre. Je viens de parler d'*arbre de liberté. O croix, notre espérance unique*, je voudrais rappeler en ce moment que tu es toi-même le véritable *arbre de la liberté* planté pour le salut du monde. On l'ignore souvent, hélas ! et dans un siècle où sur toutes les bouches est le mot de liberté, on n'a point dans le cœur l'amour du signe rédempteur qui est venu l'apporter parmi nous. Quelle ingratitude ! Un homme qui rougit de la croix, n'est-ce point comme un esclave qui rougirait de son libérateur et lui rendrait des mépris pour ses bienfaits ?

Il n'est pas nécessaire d'être bien savant en histoire, pour se rappeler ce qu'était le monde païen avant la venue de Jésus-Christ. Regardez de l'autre côté de la croix, quel triste et effrayant tableau ! « Le christianisme, dit Chateaubriand, sépare l'histoire du genre humain en deux portions distinctes : depuis la naissance du monde jusqu'à Jésus-Christ, c'est la société avec des esclaves, avec l'inégalité des hommes entre eux, l'inégalité sociale de l'homme et de la femme ; depuis Jésus-Christ jusqu'à nous, c'est la société avec l'égalité des hommes entre eux, l'égalité sociale de

[1] Héraclius, vainqueur de Chosroës et de Siroës, rois de Perse au VIIe siècle

l'homme et de la femme, c'est la société sans esclaves ou du moins sans le principe de l'esclavage. L'histoire de la société moderne commence donc véritablement de ce côté-ci de la croix[1].... »

Nous ne déroulerons pas devant notre lecteur ce sombre tableau de la civilisation antique, qu'il est bon cependant de se rappeler quelquefois, afin de mieux apprécier les bienfaits de la croix, symbole d'une autre civilisation. Nous ne montrerons point ces nations enchaînées comme à un joug, sous les dures lois de Rome, la reine du monde; ce culte des idoles, admirablement calculé pour autoriser et encourager les vices; l'esclavage, la prostitution publique, l'exposition des nouveaux nés, les gladiateurs, érigés comme autant de coutumes qu'autorisaient les lois. De savants écrivains ont, de nos jours, creusé à fond cette vieille société romaine, que nos souvenirs classiques nous représentaient peut-être comme le beau idéal de la liberté; leurs investigations, en l'éclairant sous son vrai jour, nous la montrent, avec plus de vérité, comme un abîme profond de corruption et d'esclavage[2]. Nous revenons, quant à nous, de ce côté-ci de la croix. « Après avoir prêché l'Evangile, dit encore Chateaubriand, Jésus-Christ laissa sa croix sur la terre: c'est le monument de la civilisation moderne. Du pied de cette croix, plantée à Jérusalem, partent douze législateurs, pauvres, nus, un bâton à la main, pour enseigner les nations et renouveler la face des royaumes[3]. »

On sait quels bienfaits ces apôtres du Dieu de la croix,

[1] *Etudes historiques.*

[2] On peut voir entre autres l'excellent ouvrage du comte de Champagny : *les Césars, tableau du monde romain.*

[3] *Etudes historiques.*

et après eux leurs successeurs, ont apportés au monde. Appuyés sur la croix, ce monument *de la civilisation moderne*, les disciples d'un Dieu crucifié ont prêché partout et propagé chez tous les peuples les principes nouveaux qui font la base de nos sociétés. Ils ont publié partout l'unité d'un Dieu créateur et père de tous les hommes, l'égalité et la fraternité des hommes entre eux, la dignité de la femme, les droits imprescriptibles des enfants; ils ont combattu partout le principe de l'esclavage, lorsqu'ils ne pouvaient le détruire entièrement; ils ont ennobli le joug de l'obéissance en même temps qu'ils ennoblissaient l'origine et la nature du pouvoir. Ils ont enfin, ambassadeurs de Celui qui avait dit, *Je suis la vérité et la vie*, dissipé d'une main les erreurs monstrueuses du monde païen, et de l'autre, réformé la société en répandant au sein de toutes les institutions un esprit de vie tout nouveau. « Dans la doctrine évangélique, dit un illustre prélat, tout porte sur l'amour de Dieu et des hommes. Elle est annoncée aux peuples idolâtres, avec des promesses magnifiques pour ses fidèles sectateurs comme avec des menaces effrayantes pour les cœurs rebelles. Or, à mesure qu'elle acquiert de l'empire sur les esprits et sur les cœurs, une heureuse révolution s'opère dans les sentiments, dans les habitudes, dans la religion et les lois. On voit cesser ces sacrifices humains, qui étaient un outrage pour le Dieu de bonté comme pour la nature; les hommes se dépouillent de leur férocité; les gouvernements sont plus justes et plus doux, les peuples plus soumis; les vainqueurs se montrent plus humains et plus généreux; les guerres d'extermination disparaissent ou du moins deviennent plus rares. Les païens, d'après leurs lois, n'étaient pas obligés de voir des hommes dans leurs esclaves; l'Evangile ordonne d'y voir des frères : aussi la charité évangélique tempère d'abord, affaiblit insensiblement, et finit par briser, chez les peuples qu'il régénère, ce joug humiliant et cruel qui pesait sur une si grande partie de l'espèce humaine[1]. »

Il y a des hommes qui refusent au christianisme l'honneur d'avoir aboli l'esclavage. « Ne soyez pas si fiers, disent-ils; attendez et voyez au-delà des mers. N'y a-t-il pas là encore, en Amérique, chez des nations chrétiennes, des milliers de colons possesseurs de nombreux esclaves ? A quoi servent donc sur ce point les bulles et les décisions de vos pontifes ? » A propos d'un livre remarquable qui a eu naguère un grand retentissement, le monde abolitioniste s'est ému tout ensemble de pitié et de joie, et nous avons entendu dire à quelques-uns : *Ce livre fera plus pour l'émancipation des noirs, que les sermons de tous les prédicateurs*. Si ce roman de l'*Oncle Tom*, œuvre généreuse d'une femme douée d'une belle âme, peut faire du bien à la race des noirs, nous bénirons Dieu de son apparition. Mais, tout en applaudissant à cette œuvre, dont une extrême exagération n'est pas du reste le seul défaut, nous n'aurons garde d'oublier que, bien longtemps avant elle, l'Eglise, par la voix de ses pontifes, a été la grande abolitioniste. Oui, l'esclavage antique, dont l'origine se trouve dans la perversité humaine, et non dans la volonté de Dieu, après avoir été adouci sous la loi naturelle par la piété des patriarches, diminuée ensuite par la loi de Moïse, a été aboli peu à peu, sous le règne de l'Evangile, par les conseils et par la con-

[1] Frayssinous, *Conférences*.

duite de l'Eglise. Ceux donc qui de nos jours tentent de créer une sorte de perpétuité pour les droits des maîtres possesseurs d'esclaves, sont obligés d'interpréter les paroles de l'Eglise dans un sens opposé à ses exemples; et ils dénient au christianisme une partie de son influence sur l'amélioration de l'état social.

L'espace nous manque pour rappeler ici les paroles, les conseils, les décisions émanés de la bouche des souverains pontifes contre le fait de l'esclavage chez les divers peuples, et particulièrement, dans les derniers siècles, contre l'esclavage des Indiens et des Africains. Bornons-nous à citer l'admirable bref du pape Grégoire XVI, du 3 décembre 1839, qui résume sur ce point important la conduite et la doctrine de l'Eglise.

«... Elevé au suprême degré de la dignité apostolique, et remplissant, quoique sans aucun mérite de notre part, la place de Jésus-Christ, Fils de Dieu, qui, par l'excès de sa charité, a daigné se faire homme et mourir pour la rédemption du monde, nous estimons qu'il appartient à notre sollicitude pastorale de faire tous nos efforts pour éloigner les chrétiens du commerce qui se fait des noirs et d'autres hommes quels qu'ils puissent être.

» Aussitôt que la lumière évangélique commença à se répandre, les infortunés qui tombaient dans le plus dur esclavage au milieu des guerres si nombreuses de cette époque, sentirent leur condition s'améliorer; car les apôtres, inspirés par l'esprit de Dieu, enseignaient d'un côté aux esclaves à obéir à leurs maîtres temporels comme au Christ lui-même, et à se résigner du fond du cœur à la volonté de Dieu; mais d'un autre côté ils commandaient aux maîtres de se montrer bons envers leurs esclaves....

» Bientôt la loi de l'Evangile établissant d'une manière universelle la charité sincère envers tous, et le Seigneur Jésus ayant déclaré qu'il regarderait comme faits ou refusés à lui-même tous les actes de miséricorde qui seraient faits ou déniés aux pauvres et aux petits, il s'ensuivit naturellement que les chrétiens non-seulement regardèrent comme des frères leurs esclaves surtout quand ils étaient devenus chrétiens, mais qu'ils étaient plus enclins à donner la liberté à ceux qui s'en étaient rendus dignes, ce qui avait coutume d'être accompli particulièrement aux fêtes solennelles de Pâques....

» C'est pourquoi les ténèbres des superstitions païennes s'étant entièrement dissipées avec le progrès des temps, et les mœurs des peuples les plus barbares s'étant adoucies, grace au bienfait de la foi opérant par la charité, les choses en sont venues à ce point que depuis plusieurs siècles il n'y a plus d'esclaves chez la plupart des nations chrétiennes.

» Toutefois, c'est avec une profonde douleur que nous le disons, on vit depuis, même parmi les chrétiens, des hommes qui, honteusement aveuglés par le désir d'un gain sordide, n'hésitèrent pas à réduire en servitude, sur des terres éloignées, les Indiens, les noirs et d'autres malheureuses races, ou bien à aider à cet indigne forfait, en instituant et organisant le commerce de ces infortunés que d'autres avaient chargés de chaînes. Un grand nombre de pontifes romains, nos prédécesseurs de glorieuse mémoire, n'oublièrent point de réprimander la conduite de ces hommes, selon toute l'étendue de leur charge, comme opposée à leur salut et flétrissante pour le nom chrétien; car ils voyaient bien que c'était là une des causes qui contiennent de plus en plus les nations infidèles dans leur haine pour la vraie religion. »

Le souverain pontife mentionne la lettre de Paul III, d'Urbain VIII, de Benoît XIV, celles du pape Pie II. Enfin, après avoir rappelé que Pie VII interposa avec zèle ses bons offices auprès des hommes puissants pour faire cesser entièrement la traite des noirs parmi les chrétiens, il poursuit en ces termes :

« Ces prescriptions et cette sollicitude de nos prédécesseurs n'ont pas peu servi, avec l'aide de Dieu, à défendre les Indiens et autres peuples sus-nommés contre la barbarie des conquêtes et contre la cupidité des marchands chrétiens; mais il s'en faut bien encore que le Saint-Siége puisse se réjouir du plein succès de ses efforts et de son zèle, puisque, si la traite des noirs a été en partie abolie, elle est encore exercée par un grand nombre de chrétiens. C'est pourquoi, désirant écarter un tel opprobre de toutes les contrées chrétiennes, en vertu de l'autorité apostolique, nous avertissons et admonestons avec force, dans le Seigneur, tous les chrétiens, de quelque condition qu'ils puissent être, et leur enjoignons que nul n'ose à l'avenir vexer injustement les Indiens, les nègres ou autres hommes, quels qu'ils soient, les dépouiller de leurs biens, ou les réduire en servitude, ou prêter aide et faveur à ceux qui se livrent à de tels excès, ou exercer ce trafic inhumain par lequel les noirs, comme s'ils n'étaient point des hommes, mais de véritables et impurs animaux, réduits comme eux en servitude sans aucune distinction, contre les droits de la justice et de l'humanité, sont achetés vendus et dévoués à souffrir les plus durs travaux, et à l'occasion duquel les dissentiments sont excités, des guerres presque incessantes fomentées chez les peuples par l'appât du gain proposé aux premiers ravisseurs des nègres.

« C'est pourquoi, en vertu de l'autorité apostolique, nous réprouvons toutes les choses susdites comme absolument indignes du nom chrétien; et par la même autorité, nous prohibons absolument et nous interdisons à tout ecclésiastique et laïque d'oser soutenir comme permis ce commerce des noirs, sous quelque prétexte ou couleur que ce soit, ou de prêcher ou enseigner en public ou en particulier, de manière ou d'autre, quelque chose de contraire à ces lettres apostoliques. »

Voilà la conduite de l'Eglise. Par la voix de ses pontifes, de ses prêtres, elle a dans tous les temps propagé l'émancipation sociale jusqu'au degré où l'affranchissement spirituel, qui est la source et la mesure de cette émancipation, s'était déjà réalisé dans les âmes. A l'aurore du christianisme, quand le droit public admettait la servitude, l'Eglise, tout en s'abstenant d'attaquer violemment ce droit, travailla aussitôt à le changer. Sans renverser tout à coup l'édifice de l'esclavage antique, elle en retira les pierres une à une. Lors de la découverte du Nouveau-Monde, l'esclavage ayant disparu de l'Europe, le droit public des nations chrétiennes consacrait la liberté; l'Eglise sauva du joug les Indiens. On connaît les héroïques travaux du dominicain Las Casas, l'un de ses plus dignes représentants. Lorsqu'une ruse de la cupidité eut chargé de chaînes les peuplades de Guinée, l'Eglise ne put quitter les armes.

Nous la voyons, de nos jours, combattre encore pour affranchir les esclaves. Elle suppliait au temps des apôtres; elle ordonne et frappe d'anathême aujourd'hui; et en attendant que l'esprit chrétien, selon son désir, ait détruit entièrement l'esclavage sous toutes ses formes, elle le prohibe *absolument* sur sa principale et plus odieuse forme, le commerce et la traite des noirs. L'Eglise seule, dans tous les temps, à su demander la liberté avec mesure; et la prudence de ses paroles n'est pas moins admirable que la constance de ses actions

Et maintenant, si l'on nous oppose que les saintes Ecritures, que les pères de l'Eglise, que les conciles ont rereconnu le fait de l'esclavage, si l'on dit que des saints très-vénérés, que des ordres religieux ont possédé des esclaves, et qu'enfin après dix-huit siècles de christianisme, il y a encore de nombreux esclaves chez les colons chrétiens de l'Amérique, nous ne nierons aucun de ces faits. Mais nous répondrons que l'Evangile, après avoir aboli l'esclavage antique et païen, s'efforce par tous les moyens d'adoucir et d'abolir aussi par degrés les restes d'un esclavage bien moins cruel, perpétué chez un petit nombre de nations chrétiennes. Il prêche sans cesse aux maîtres chrétiens, comme il l'a toujours fait, une grande bonté envers leurs esclaves; et l'on sait que les saints, les ordres religieux dont on vient de parler, traitaient leurs serviteurs avec une admirabl douceur, en frères et non en esclaves, prêts à les affranchi si la voix de l'Eglise le leur eût commandé. De nos jour encore, il est bon nombre de colons chrétiens qui sont pleins de douceur pour leurs esclaves. Nous avons entendu des missionnaires d'Amérique qui avaient longtemps résidé parmi eux, affirmer que la condition d'un grand nombre d'esclaves aux Etats-Unis est meilleure, sous plusieurs rapports, que celles de beaucoup de nos domestique en Europe. Ils ont le vivre et le couvert assurés pour eux et leur famille; la loi les protége contre les mauvais traitements de leurs maîtres; et quand ils sont honnêtes, probes, économes, ils peuvent facilement atteindre le pécule nécessaire à leur affranchissement. Mais beaucoup d'entre eux, dit-on, ne profitent point de ce bénéfice. La liberté leur serait à charge plutôt qu'à profit. Ils préfèrent donc vivre encore et mourir dans *la case* et près des bananiers à l'ombre desquels ils ont coulé leurs paisibles jours.

Honneur donc à l'Evangile et à la vertu de la croix..... O croix sainte, *signe de la civilisation moderne*, tout ceci est encore votre ouvrage. A vous donc l'hommage et la reconnaissance des peuples, l'amour des hommes libres, la vénération des nobles et généreuses âmes! à vous, enfin, comme je disais naguère, le surnom glorieux d'*arbre de la liberté!*

VII

Les Chartreux de Valbonne.

Beata solitudo, sola beatitudo! S. BERNARD.

Hier, six octobre, jour de la fête de saint Bruno, j'ai voulu accomplir mon pieux pélerinage à la chartreuse de Valbonne, située dans le voisinage de ma ville natale..... Monté sur un cheval blanc de médiocre encolure, par une belle matinée d'automne, j'ai traversé les gracieux villages de Saint-Gervais et de Saint-Michel; m'enfonçant ensuite dans l'étroit et pénible sentier qui serpente à travers des bois et des collines, après deux heures de marche, j'ai aperçu enfin, dans le silencieux et poétique vallon, les toits d'ardoises étincelants au soleil qui recouvrent les cellules de ce monastère de chartreux.

J'aime ces pieux enfants de la solitude, les derniers disciples d'un illustre saint du moyen-âge, qui fleurit il y a près de huit siècles, et parfuma les déserts de l'odeur de ses vertus. Béni soit le ciel qui a placé si près de mon berceau un de ces asiles vénérables d'où la prière s'élève si pure vers les voûtes éternelles, pour en faire descendre sur les pays d'alentour des graces abondantes! Et qui pourrait ne point les aimer, ces fils de saint Bruno? Ne semble-t-il pas que les gens du monde eux-mêmes, si sévères parfois, si injustes à l'endroit des ordres religieux, regardent d'assez bon œil aujourd'hui les robes blanches de nos chartreux? Notre grand peintre Lesueur n'a pas peu contribué sans doute à populariser parmi nous et à faire aimer leur pieux fondateur. Cet amour pour le père a dû naturellement rejaillir sur les enfants. Plus d'un artiste, plus d'un bel esprit de la capitale, à la vue de l'incomparable *galerie de saint Bruno*, s'est peut-être dit un jour : « Après tout, ces figures qui nous semblent si *belles* sur la toile ne peuvent pas être *laides* dans leur réalité. » Et il aura voulu les voir de près, et leur aspect vénérable aura fait tomber un préjugé et complété une heureuse réconciliation. Honneur donc à l'art qui sait ainsi émouvoir le cœur et le ramener par l'attrait de la beauté à l'intelligence et à l'amour des harmonies de notre foi!

Et pourquoi refuserait-on l'estime et l'amour à ces bons chartreux? Quel mal font-ils donc à la société? Ils ne lui font que du bien au contraire. Ils défrichent des forêts incultes; ils ont rendu fertiles nos déserts les plus stériles, étonnés de leurs nouvelles moissons. En d'autres temps, ils ont reproduit nos manuscrits précieux, enrichi la science du fruit de leurs veilles laborieuses, et laissé aux âmes humbles et fidèles des paroles pleines du feu céleste. Aujourd'hui encore, en même temps qu'ils peuvent refaire toutes ces choses, ne rendent-ils pas aux hommes le service d'ôter des compétiteurs à leurs places si courues, de leur montrer l'exemple d'une vie grave, austère, placée au dessus de l'amour des plaisirs et de la crainte des rires des méchants, occupés à méditer les mystères du monde présent et les promesses du monde futur? Et quoi! tout cela serait-il donc sans aucun mérite social, et n'y aurait-il là qu'un pur égoïsme?

Parlerons-nous des prières des chartreux, de ces veilles saintes qui font contre-poids dans la balance de la justice divine à tant de veilles coupables, de ces offices de nuit chantés au milieu du silence du désert, de ces larmes versées sur les égarements du peuple, de ces mains levées vers le ciel pour conjurer la foudre?.... Ah! celui qui croit comprend toutes ces choses, et le chartreux envisagé sous ce dernier point de vue lui paraît sublime dans le rôle qu'il joue sur la scène du monde. Dix justes, au temps de Sodome et de Gomorrhe, auraient pu sauver de leur ruine ces villes criminelles. Qui dira donc la puissance de ces guirlandes de mains pures élevées vers le ciel du fond des déserts pour détourner de nos cités coupables le bras de l'Eternel depuis longtemps prêt à les frapper!....

La vie du chartreux, utile, noble, sainte, avons-nous dit ailleurs, doit être encore éminemment heureuse. Nous, hommes du monde, tourmentés de soucis, de soins matériels, attachés plus au moins aux choses de la terre, nous sommes mal placés pour juger de ce bonheur : si cependant, descendant au plus intime de notre cœur, dans le silence, le calme des passions, nous prêtions un instant une oreille attentive à la voix de la grace, de la raison éclairée par la foi, nous pourrions en partie le comprendre. Autant qu'il est donné à l'homme ici bas, ces enfants du cloître ont déposé sur le seuil du couvent tout le fardeau des misères humaines. Leur corps soumis à l'esprit est devenu un serviteur docile qui seconde loin d'arrêter leur volonté. Libres donc dans leur essor, ils s'envolent sur les ailes de la prière et de la contemplation, jusque dans le sein de Dieu, où ils habitent déjà réellement par l'espérance et par l'amour; participant de l'homme et de l'ange, mais plus rapprochés de l'ange que de l'homme, ils n'ont conservé en quelque sorte de la nature humaine, que ce souffle divin dont l'anima le Créateur lorsqu'il la forma à son image et à sa ressemblance; et quand ils s'efforcent chaque jour, par la pureté de leurs désirs, de s'assimiler de plus en plus à la nature angélique, prêtres du Très-Haut, ils la surpassent déjà par un pouvoir sublime qui ne lui fut point donné, et qu'elle leur envierait si l'envie pouvait exister au céleste séjour.... Aller de l'autel à leur cellule chérie, où ils retrouvent leur Dieu dans une fervente oraison, dans des entretiens d'une familiarité ineffable, ou dans un simple travail auquel ils se livrent avec une joie pure en songeant à l'humble travail du Fils de Marie à Nazareth!... Voir, chaque matin à l'aurore, ce même Dieu descendre à leur voix dans leur temple, le porter dans leurs mains, dans leur cœur, et au milieu de ces enfantements, de ces embrassements divins, quand le ciel s'ouvre, n'être jamais troublé par aucun bruit venu de la terre!.... Et puis ne voir autour de soi que des visages amis, des frères bien-aimés, dont l'amitié, à certaines heures, à certains jours, soutient, charme, réfléchit l'âme! Vivre ainsi dans une atmosphère de paix, de charité, de pensées célestes, préludant à la vie des élus sous ces cloîtres, portiques assurés de l'éternelle Jérusalem !... Oh! oui, il y a là bonheur, félicité véritable[1] ! »

Mais revenons à Valbonne... Ce n'est point ici la sublime horreur de la *Grande-Chartreuse*, ni ces pins à la cîme gigantesque, jetés sur le flanc des montagnes, ni ces torrents mugissants à vos pieds, ni cet aspect sauvage et grandiose enfin, qui fait de ce désert un des sites les plus pittoresques du monde. Non, la solitude de Valbonne a un tout autre caractère. C'est un vallon gracieux et verdoyant, vers lequel on descend avec plaisir, sans fatigue et sans crainte; cette solitude d'un genre tout différent, a également son attrait et ses charmes. L'œil est enchanté, et l'âme profondément émue, quand, par un beau jour d'octobre, on aperçoit, des hauteurs voisines, au milieu du silencieux vallon, les vastes bâtiments du monastère, se détachant merveilleusement sur le fond d'un tapis vert, encadré de collines boisées, aux teintes variées et du plus agréable aspect! Tout dans ce lieu respire le calme et la paix. Là, sous un beau ciel, au milieu d'une belle nature, les pieux enfants de saint Bruno doivent se trouver à l'aise et bénir le Ciel qui a placé leur séjour ici bas dans une si douce contrée.

Trente chartreux, pères ou frères convers, habitent le monastère de Valbonne. Chaque année, quand survient quelque ressource, l'on sépare quelques cellules, et l'on agrandit le local destiné aux étrangers jaloux d'y venir méditer durant quelques jours sur la briéveté de la vie et sur le moyen de parvenir à celle qui ne doit point finir. A la tête de ce petit peuple de religieux est un homme vénérable, d'une

[1] *La Vierge et les Saints en Italie*, XXXVII.

vivacité et d'une rondeur singulière dans la voix et dans les mouvements. Dom Augustin a réponse à tout, et cette réponse prompte, brève, toujours empreinte des austères pensées du cloître, vous surprend, vous confond souvent, alors même qu'on se croit le mieux préparé par la sainteté du lieu, à toute la gravité d'un langage chrétien. Assis avec lui sur un banc du jardin qui longe sa cellule, je lui demandais s'il était venu quelquefois à Paris : « Non, me répondit-il, jamais. — Alors poursuivis-je, vous devez désirer d'y venir. — Moi, reprit-il, et pourquoi? Qu'irai-je donc voir à Paris ?... *Des pierres un peu mieux arrangées qu'ailleurs ?....* — Je restai stupéfait.... Eh quoi! dans tous ces splendides monuments de la capitale dont nous sommes si fiers et qui font une partie de la gloire nationale, ce bon prieur ne voit que *des pierres un peu mieux arrangées !....* Quel langage étrange, mon Dieu !... » Ce n'est point cependant, gardons-nous de le croire, indifférence ou désir d'ignorance, non, c'est plutôt l'exclamation comme naturelle d'un solitaire détaché de tout, qui tient tout pour vu, et dont tous les désirs sont constamment tournés vers le ciel.

Ce langage si étonnant pour nous s'accorde, du reste, avec ces sentences graves, sévères et saintement mélancoliques qui sont gravées sur la porte de chaque cellule, afin que le religieux, en entrant ou en sortant, les lise et les emporte dans son cœur. Voulez-vous en connaître quelques-unes, écoutez : « O mort, que ton souvenir est amer à un homme qui est dans l'abondance de tous biens! — Heureux ceux qui pleurent, heureux ceux qui souffrent ! — *Esse cum Jesu dulcis est paradisus.* — *Est facilis via de cella in cœlum.* — *Nostra conversatio in cœlis est.* — *Cupio dissolvi et esse cum Christo. — O beata solitudo, sola beatitudo! — Durissimum judicium his qui præsunt fiet*[1] *!* »

Telles sont les sentences qui servent comme d'enseignes à la cellule des chartreux de Valbonne. Heureux celui qui les médite quelquefois ! Plus heureux celui qui les médite souvent et toujours ! Il échappe aux illusions de la vie ; quoiqu'il arrive, il ne sera jamais pris au dépourvu, et un jour viendra où chacun reconnaîtra que la véritable sagesse était là, sous des manteaux de laine, dans ses pieuses solitudes, parce que l'âme est là plus en communication avec Dieu, son souverain bien. Oh ! quand il viendra ce jour, qui de nous ne désirerait avoir agi, vécu, comme ces vrais sages, apprécié comme eux à leur valeur réelle les choses de la terre, avoir été, ici-bas, uni à Dieu par l'amour, afin d'être réunis à lui dans le séjour de l'éternelle béatitude. Commençons dès aujourd'hui, afin de prévenir plus tard des regrets stériles. Que chacun de nous se crée au fond de son cœur une petite chartreuse, et que là, seul avec Dieu, il vienne de temps à autre méditer un instant sur la brièveté de la vie, sur la vanité puérile des biens de la terre, et sur les moyens à prendre pour ne pas risquer la perte irréparable du trésor qui nous est promis. Ce trésor vaut la peine qu'on y pense. De quoi s'agit-t-il donc ? De rien moins que d'une félicité incommensurable et sans fin !

Telles étaient les graves pensées qui roulaient dans mon

[1] Etre avec Jésus est un doux paradis. — Le chemin est facile de la cellule au ciel. — Notre conversation est dans les cieux. — Je désire la dissolution de mon corps, pour être avec Jésus-Christ. — O bienheureuse solitude, seule béatitude! — Le jugement le plus rigoureux sera pour ceux qui commandent. (Cellule du prieur.)

esprit tandis que, remonté sur mon fidèle compagnon, je regagnai lentement, à travers les collines et les bois, le chemin de la ville. Cependant le soleil s'était couché derrière la montagne, la nuit se faisait par degrés. Mes pensées, comme les ténèbres, devenaient à chaque instant plus graves, en songeant à la distance qui sépare la vie du chartreux de celle de la plupart des hommes au milieu desquels j'allais me retrouver. Rempli de crainte et de pitié pour eux et pour moi-même, je tournai mes regards et mon cœur vers le cloître béni que je venais de quitter, et je murmurai sur mes lèvres ces paroles : *O pieux enfants de saint Bruno, priez pour nous !*

VIII

La piété est utile à tout.

Ce n'est point un homme vulgaire qui a dit ces paroles : c'est un citoyen romain, c'est un homme qui, d'abord juif et persécuteur des chrétiens, s'est senti tout à coup terrassé sur son chemin par une force inconnue et s'est relevé apôtre : c'est un homme qui a étonné le monde par l'ardeur de son zèle, de sa charité, autant que par les fruits merveilleux de son apostolat. Ses miracles, ses innombrables courses aux pays les plus lointains, l'on fait surnommer le *grand apôtre*, *l'apôtre des nations*, nom glorieux qui n'a point été donné à Jean, le disciple bien-aimé, ni à Pierre, le prince du collége apostolique. Voulez-vous pour lui d'autres titres d'honneur ? Il a été ravi jusqu'au troisième ciel, où Dieu lui-même lui a révélé d'intimes secrets. Enfin, après la vie la plus héroïque, il a donné à la foi le témoignage de son sang : généreux martyr, il a expiré sous la hache romaine ; et compagnon de Pierre dans les chaînes, dans son supplice, il partage avec lui, à Rome et dans le monde entier, l'éclat et la gloire d'un immortel triomphe !

Ne semble-t-il pas que la parole d'un tel homme devrait avoir au moins quelque valeur, et être reçue comme vénérable, alors même que l'Eglise n'enseignerait pas qu'elle est sainte et inspirée de Dieu ? Chose étrange cependant ! cet oracle de saint Paul est traité presque partout avec une légèreté singulière ; par un grand nombre d'hommes, il est méconnu, regardé même comme un mensonge. Vainement le grand apôtre a-t-il dit *La piété est utile à tout*, les prétendus sages nous disent au contraire : *La piété n'est utile à rien;* elle gâte tout, elle énerve les âmes, rend craintif, pusillanime. Par elle les meilleures natures se dégradent : de quoi un homme dévot peut-il être capable ? La piété convient aux femmes, aux enfants. L'homme n'en a que faire : c'est pour lui un meuble inutile.

Tel est le langage qu'on entend répéter autour de soi. M'entretenant un jour avec un homme du monde d'une personne très-vertueuse, je lui vantais ses belles qualités : lui au contraire me faisait remarquer ses défauts. Mon bel-esprit termina enfin par ce trait sublime : « Au surplus, quoi d'étonnant ! *Qu'attendre d'un homme qui fait la communion tous les dimanches* ? »

Ce préjugé dont nous parlons est bien vieux dans le monde. Soutenu, propagé par les passions, surtout par l'orgueil et la volupté, il est tellement enraciné dans un grand nombre d'esprits, qu'on ne peut guère espérer de le détruire jamais entièrement.

Je pourrais cependant invoquer contre lui bien des témoignages historiques. Je pourrais, nos annales françaises à la main, demander à la philosophie si la piété de nos rois ou de nos illustres guerriers, tels que Charlemagne, saint Louis, Godefroi de Bouillon, Duguesclin, Bayard, Turenne, les a rendu craintifs, pusillanimes, et les a réellement empêchés d'opérer de grandes choses. L'histoire des d'Aguesseau, des Bignon, des Talon, des Lamoignon, et de tant d'autres pieux personnages, qui furent l'honneur de notre magistrature, plaiderait aussi à son tour la bonté de ma cause. Dans les rangs du clergé, que de noms à citer depuis saint Denis, l'apôtre martyr de Paris, jusqu'au vénérable pontife martyr sur nos barricades!... Mais laissant à l'écart ces éclatantes preuves, je ne veux aujourd'hui en appeler qu'au témoignage d'une froide raison. Je dirai donc à mon philosophe : Qu'est-ce qu'un homme pieux?

Un homme *pieux* ou *dévot* (ces deux mots sont ici synonymes) est un homme *dévoué à Dieu*. Or cette seule définition me suffit, et par elle je prétends rallier de mon côté tous les esprits justes et raisonnables. En effet, s'il y a quelque chose de grand dans le monde et capable d'opérer de grands actes, n'est-ce pas avant tout cette vertu qu'on appelle le *dévouement*? Le savant Archimède disait jadis : « Donnez-moi un point d'appui et un levier, et je soulèverai la terre à mon gré. » Oh! l'admirable point d'appui, le puissant levier que celui du *dévouement*! Quelles merveilles n'a-t-il point opérées dans tous les temps et dans tous les pays! Parcourez les annales de l'antiquité. Ces beaux traits de Codrus, de Miltiade, de Thémistocle, de Lycurgue, de Régulus, de Scipion, et de tant d'autres héros de la Grèce ou de Rome, dont le récit transportait nos jeunes âmes durant nos études classiques, où donc prenaient-ils leur source? Dans le *dévouement* à la patrie. Et sans remonter si haut dans le temps ni si loin dans l'espace, qui donc a inspiré au brave d'Assas et à tant d'autres chevaliers français du moyen-âge ou des temps modernes, ce courage héroïque, surhumain, qui nous ravit d'admiration? N'est-ce point le *dévouement* à la patrie et à leur prince.

Ainsi en est-il de toutes les grandes actions accomplies par d'illustres citoyens, hommes d'Etat, magistrats, savants, voyageurs, etc. C'est toujours le *dévouement* au pays, à la science, ou à quelque autre objet, qui les a provoquées. En un mot, tout ce qui s'est fait de grand dans le monde depuis son origine, dans quelque ordre et sous quelque forme que ce soit, a eu pour mobile une pensée de *dévouement.*

Et maintement le *dévouement à Dieu* serait-il donc le seul qui fût incapable des grandes choses? Ah! gardons-nous de le croire, car l'univers entier atteste le contraire. Plus l'objet du dévouement est élevé et digne d'attacher notre cœur, plus le dévouement lui-même doit être héroïque et fort. C'est ce qu'on a vu, c'est ce qu'on voit encore tous les jours. Entre mille preuves vivantes qui s'offrent à nos yeux, je n'en choisis que trois : un pauvre missionnaire chez les sauvages, la sœur de charité dans nos hôpitaux, un martyr de la Chine ou du Japon.

Voyez ce missionnaire. C'est un jeune homme, peut-être de grande naissance, qui aurait pu couler une existence honorable dans le monde, y goûter des jouissances légitimes, et vivre content, heureux au milieu des siens. Mais non; la pensée du *dévouement à Dieu* s'est emparée de son âme. C'en est fait, il céde à un attrait surhumain; il quitte tout, patrie, parents, amis, et s'embarque en disant à la terre natale, à sa tendre mère, un adieu qui peut-être sera le dernier. Où porte-t-il ses pas? Chez de pauvres tribus sauvages, reléguées au-delà des mers, et au sein desquelles il va désormais établir sa demeure; là, il aura tout à souffrir, isolement, fatigues incroyables, peines et privations de toute espèce. Mais que lui importent les souffrances? il les endure avec patience, disons plus, avec bonheur; car son cœur surabonde de joie, à la pensée que ses travaux ont glorifié Dieu, porté la vraie lumière dans quelques âmes et frayé à de pauvres sauvages la route du ciel.... Ah! s'il n'y a point là quelque chose de grand, je ne sais plus où réside ici-bas la véritable grandeur. Mais quel est donc ce jeune missionnaire qui consacre sa vie entière à de tels labeurs? C'est tout simplement un homme *dévot*, un homme qui a porté à sa plus haute expression la noble vertu du *dévouement*!...

Voyons maintenant la sœur de charité. Jeune fille humble et timide, elle a choisi un nid ici-bas, pour y vivre non dans un repos oisif, mais dans un travail incessant.... Quel est-il ce nid que la douce colombe a préféré au toit de sa mère, de ses sœurs, à l'élégante demeure d'un époux, et qu'elle ne quittera plus désormais?... C'est l'asile infect de toutes les maladies, de toutes les misères;.... c'est un *hôpital!* Oui c'est là sa maison chérie, où elle veut couler ses jours. Levée chaque matin avant l'aurore, elle panse les plaies des malheureux, elle essuie leurs larmes et, autant qu'il est en elle, adoucit par tous les moyens leur infortune. Ce qu'elle fait aujourd'hui, elle le fera encore demain, elle le fera tous les jours jusqu'à la fin de sa vie. Et au milieu de ce labeur perpétuel, qui effraie les plus robustes, la jeune colombe sourit et ne sent point sa charge, car l'*amour n'est point las*, *quoiqu'il se fatigue*, dit le pieux auteur de l'*Imitation* [1]. Or qui soutient, qui console, qui réjouit ainsi l'humble servante des pauvres et des malades? C'est l'amour de Jésus-Christ; c'est la vertu du *dévouement*. Oh! encore une fois, je vois ici quelque chose de grand, et comme chez le missionnaire, n'est-ce pas la *piété*, la *dévotion*, qui en est toujours le sublime principe?

Enfin, le martyr de la Chine, du Japon, ou de toute autre contrée, me semble aussi accomplir de grandes choses et donner à la terre un magnifique spectacle. Il a combattu, travaillé dix ans, vingt ans, sur un sol païen, bien loin de son pays, afin de conquérir à Dieu et au bonheur du ciel quelques pauvres âmes. Et voilà que pour prix de tous ses sacrifices, on le charge de fers, on va le traîner au supplice, s'il ne consent à renier sa foi. *Je suis chrétien*, dit-il d'un air joyeux, je sais quelle couronne m'attend; rien ne pourra me la ravir. Et levant les yeux au ciel, il tend la tête à son bourreau avec la douceur d'un agneau qui se laisse égorger.... Tels furent, entre des millions d'autres, les six mille soldats de cette brave légion thébéenne que l'empereur Maximien ordonna d'exterminer dans la vallée d'Agaune. Dira-t-on par hasard que Maurice, Exupère, Candide, et leurs valeureux compagnons éprouvés dans vingt combats, étaient des hommes craintifs pusillanimes, inhabiles aux grandes choses? Autant voudrait dire que le soleil de Naples, dans tout l'éclat de ses rayons, est un pâle flambeau. Mais qu'étaient-ils, après tout, ces guerriers intrépides, sinon des hommes de foi, de *piété*, de *dévouement*?

Voilà pourquoi ils furent grands, et pourquoi aujour-

[1] Livr. III, ch. V.

d'hui dans la pittoresque vallée qui vit leur martyre, d'insignes honneurs les environnent. Ah! nos pères, nos aïeux dans la foi, le comprenaient ainsi quand ils rendaient aux reliques de ces vaillants soldats un culte pieux de vénération et d'amour. L'étendard de la légion thébéenne, donné à Charlemagne par un abbé du monastère d'Agaune, était porté dans toutes les guerres du grand monarque, avant qu'il en fît lui-même don à la cathédrale de Magdebourg; et Charles Martel n'a-t-il pas dû peut-être sa victoire de Tours à la lance de saint Maurice, dont il se servit contre les Sarrasins, dans cette fameuse bataille qui sauva la France du joug des barbares?

Arrêtons-nous ici. J'en appelle maintenant à tout homme raisonnable et de bonne foi. Lorsque la piété, ou le *dévouement*, qui est la piété réduite en actes, se révèle par de tels faits dans le monde, que devient un préjugé absurde, propagé, entretenu, aujourd'hui comme toujours, par les passions des hommes? Arrière donc l'étrange langage d'esprits aveugles ou obstinées dans l'erreur, qui au XIXe siècle en sont encore à l'école de Rousseau et de Voltaire; et place au bel oracle de saint Paul, le vrai docteur des nations : *La piété est utile à tout; elle a les promesses de la vie présente aussi bien que celles de la vie future* [1].

[1] Ep. de S. Paul à Timothée. IV. 8.

IX

Pélerinage à Notre-Dame de la Garde de Marseille.

Ave maris stella.

Me voici roulant à grande vitesse sur le chemin de fer d'Avignon à Marseille. Pèlerin de Notre Dame de la Garde, je vais porter un modeste tribu à l'*Etoile de la mer*. Elle a exaucé mon vœu, et ma main va suspendre aux murs de son vénérable sanctuaire un *ex-voto* de gratitude amoureuse. C'était par une belle soirée de novembre. Sous le ciel pur de la Provence, l'arrière-saison voit encore souvent de beaux jours et des nuits que couronne un firmament tout parsemé d'étoiles. En traversant le pont de la Durance, presque aux portes d'Avignon, je contemplais ces *cieux qui racontent la gloire de Dieu*, ce *firmament qui annonce les ouvrages de ses mains* [1]. Le reflet des astres scintillant dans les eaux argentées du fleuve charmait délicieusement nos

[1] PS. XVIII.

regards. L'air était froid cependant. Enveloppé d'un manteau, et silencieux au fond d'un wagon, je repaissais ma vue de ce grand spectacle.... Mais d'autres pensées roulaient en ce moment dans mon esprit. Qu'on me permette de les rappeler ici simplement.

J'avais visité, peu d'heures auparavant, dans un couvent cloîtré d'Avignon, une jeune parente, dont la figure calme et sereine, les yeux timidement baissés, mais levés souvent vers le ciel, m'avaient paru l'expression d'une âme candide et bienheureuse. Ce pieux souvenir s'offrait à ma pensée. — Quoi! me disais-je alors, elle est donc réellement heureuse! Et pourquoi, après tout, ne le serait-elle pas? Oh! oui, cette *nuance de beauté inconnue du monde*, que font *la pénitence et la jeunesse*, comme parle un saint religieux [1], porte en elle l'indice d'un bonheur certain. Elle est donc heureuse! Nous, hommes du monde, préoccupés de mille soins, de mille soucis et affaires, nous ne comprenons point ce bonheur. Nous avons entendu de prétendus sages prendre en pitié ces *victimes du cloître* et dire sérieusement : « Elles ne peuvent être heureuses. Elles sont résignées, voilà tout. Encore combien parmi elles qui mouillent souvent leur oreiller de leurs larmes !... »

Oh! non, sages du monde, détrompez-vous, il n'en va point ainsi. Ce serait insulter Dieu que de le croire. N'a-t-il pas dit lui-même dans l'Evangile : « *Quiconque aura quitté pour l'amour de moi sa maison, ou ses frères, ou ses sœurs, ou son père...., en recevra le centuple ici-bas et possédera la vie éternelle* [1]*?* Or, si Dieu, qui ne trompe point, a promis un *centuple* à l'âme fidèle qui se consacrera

[1] S. Luc. XIX.

plus spécialement à lui, pourquoi irai-je au contraire la croire moins heureuse qu'au milieu du siècle?...

Mais le joug qu'elles portent, dites-vous, est dur et pesant. Etre enfermé entre quatre murailles sans espoir d'en jamais sortir, n'est-ce pas une pensée qui répugne à la nature? Quelle destinée pour une âme libre, ardente et généreuse? N'est-ce pas se creuser volontairement une prison, un tombeau? Ainsi parlent le plus souvent les personnes du monde inhabiles à comprendre les mystères de la vie chrétiennes. Mais non, encore une fois, il n'en est pas ainsi; nous allons essayer de le montrer.

Et d'abord le temps n'est plus des *victimes cloîtrées*. On ne voit plus aujourd'hui, comme autrefois peut-être, de pauvres jeunes filles revêtir le bandeau des épouses du Christ sans autre vocation que la volonté de parents avides et cruels. Notre siècle sur ce point vaut beaucoup mieux que son devancier. Toute jeune chrétienne qui franchit le seuil d'un cloître, y entre aujourd'hui de son plein gré, souvent même après avoir vaincu bien des obstacles. Elle n'est admise à la profession qu'après un long noviciat et après avoir bien éprouvé la pesanteur du joug qu'elle veut porter. Quel est au reste ce joug si rude en apparence? C'est celui d'un Dieu qui nous a tant aimés, qu'il est mort pour nous sur la croix, et que durant sa vie mortelle, il appelait à lui par ces douces paroles : « *Venez tous à moi, vous qui êtes dans la peine et qui êtes chargés, et je vous soulagerai. Prenez mon joug sur vous.... et vous trouverez le repos de vos âmes. Car mon joug est doux, et mon fardeau est léger* [1]. » L'âme fidèle qui se consacre à Dieu sait mieux que personne toutes ces choses. L'amour divin, qui est ici le grand maître, les lui a apprises. N'importe, elle s'éprouve encore elle-même, et ce n'est qu'après plusieurs années de préparation ou d'épreuves qu'elle s'engage pour jamais au service de son maître Jésus-Christ....

Considérons maintenant cette âme chrétienne au fond du cloître qu'elle s'est choisi pour demeure. Elle est là au comble de ses vœux, chantant avec le prophète royal : « *J'ai demandé une seule chose au Seigneur, et je la lui redemanderai encore: c'est d'habiter tous les jours de ma vie dans sa maison.... Pour moi, mon bonheur est de me tenir attachée à mon Dieu, et de mettre en vous, Seigneur, toute mon espérance.... Heureux ceux qui habitent dans votre maison!... C'est ici le lieu de mon repos pour jamais, j'habiterai ici, parce que c'est le lieu que j'ai choisi*[1]... » Et maintenant demanderez-vous à cette épouse de Jésus-Christ, comment sa vie peut s'écouler heureuse, resserrée dans un si petit espace, et toute consacrée à des occupations en apparence si humbles, si graves, si monotones ? Mais ce petit espace, c'est pour elle le monde entier, celui qu'elle a *choisi de son plein gré*. Elle a trouvé là ce qu'elle désire, tout ce qu'elle espère, tout ce qu'elle attend, la paix avec elle-même, ce bien-être intérieur, que nous, hommes du monde, nous cherchons partout au prix de mille fatigues, de mille courses pénibles, de mille soucis et dangers de toute sorte. Pourquoi donc songerait-elle à quitter ce petit coin du monde, où elle trouve déjà avec son Dieu, ce *centuple* qui lui a été promis, ce petit espace qui lui semble bien grand, puisqu'il est pour elle le portique de la bienheureuse éternité ?... N'allons pas juger

[1] PS. XXVI, LXXII, LXXXIII, CXXXI.

l'ambition, les désirs des habitants du cloître, d'après notre ambition et nos propres désirs. A un cœur dans lequel habite la paix, qu'il faut peu d'espace pour vivre content et heureux !

En général, les cloîtres sont de vastes maisons, bien aérées, garnies de cours et de beaux jardins ; rien n'y manque de ce qui est utile aux besoins de la vie. Il en est même quelques uns, plus étendus en surface que certains villages ou petites villes dont plus d'un villageois ou citadin n'est jamais sorti peut-être. A-t-on songé à plaindre la distance de ce villageois, de ce citadin ? Nullement. Je connais un bon jeune homme, né à Nîmes, qui n'est sorti qu'une seule fois de sa ville natale, pour aller à Beaucaire. Il a pourtant plus de trente ans ; mais il a peu d'ambition, son pays lui suffit : tout le monde n'a pas le goût des voyages... Resserrons maintenant un peu l'espace : au lieu de l'enceinte de Nîmes, prenons une surface quatre fois moins étendue : Si je trouve là rassemblé tout ce qui peut contenter mes désirs, pourquoi serais-je tourmenté de la pensée de franchir cette surface ?...

Vous parlez de *prison*, de *tombeau !* Mais c'est tout au plus le corps qui serait *prisonnier*, 'est à dire cette portion la moins noble de notre être, et par laquelle vivent aussi les habitants du cloître. Quant à son âme, cette noble substance créée à l'image de Dieu, elle est plus libre que la vôtre, que la mienne, car elle est dégagée d'une foule de soins matériels qui enchaînent la nôtre dans le monde. Il lui est donc bien plus facile de prendre un rapide essor, de franchir tous les espaces, de parcourir tous les cercles de la création et de s'envoler jusqu'à l'infini, dans le sein de la

Divinité, vaste océan sans rivages.... Ah! c'est là que, sur les ailes de la pensée, du désir et de l'amour, cette âme heureuse vient se perdre ou plutôt se réunir chaque jour pour puiser quelques gouttes de ce torrent de délices dont elle doit être inondée au sortir de sa prétendue *prison*. Non, cette âme n'est point captive: comme l'aigle, roi des airs, ne s'élève-t-elle pas jusqu'aux cieux, dont elle contemple déjà d'un œil perçant la félicité et la gloire?...

Mais que fais-je? Où m'ont entraîné ces réflexions? J'ai presque oublié mon pélerinage. Et cependant nous voilà bien loin déjà d'Avignon. Nous avons traversé Tarascon, Arles la cité de Constantin; en trois heures nous avons atteint la vieille cité phocéenne. Halte-là, mes rêveuses pensées. Salut à Marseille! Salut à son auguste reine, la douce *Etoile de la mer!*

On connaît l'histoire du Pélerinage de *Notre-Dame de la Garde*. Nous la résumerons en quelques lignes. Ce fut vers l'an 1214 qu'un généreux chrétien, nommé Pierre, bâtit une église sur cette montagne et y joignit une modeste habitation entourée d'un terrain cultivé. Il eut à traiter à ce sujet avec Guillaume, abbé de Saint-Victor; la montagne appartenant alors à cette abbaye, l'une des plus illustres et des plus anciennes du monde chrétien.

Bien pauvre et bien modeste était d'abord ce sanctuaire. En 1477, il fut rebâti sur de plus amples dimensions Cinquante ans plus tard, François Ier fit construire sur le haut de la montagne un fort dans l'enceinte duquel fut renfermée la chapelle. Elle continua d'être un lieu de dévotion très-fréquenté, surtout par les marins de Marseille ou d'autres ports. On y voyait une statue en argent, qui avait le privilége, considéré comme unique dans le monde chrétien, de tenir dans les mains le saint Sacrement exposé. Cette statue, à la fin du dernier siècle, fut vendue aux Génois, et l'église demeura fermée. En 1802, *Notre-Dame de la Garde* fut rendue au culte, et une statue en bois vint remplacer celle qu'avait enlevée la révolution. Mais la *bonne Mère*, comme disent les Marseillais, sembla dès-lors écouter avec plus de bonté encore les prières et les vœux de ses enfants, ainsi que le prouvent les nombreux *ex-voto* appendus aux murs du sanctuaire. Cependant l'ancienne statue d'argent ayant été détruite, on songea à la renouveler. Un artiste recommandable par son talent et sa piété, M. Chanuel, en fit une en argent battu, qui est un vrai chef-d'œuvre de l'art. La Vierge sainte est représentée pleine de grace, méditant sur les mystères de la rédemption, et tenant entre ses bras l'Enfant-Sauveur qui appelle les hommes à lui. La bénédiction de cette nouvelle statue, qui remplaça celle en bois, eut lieu le 2 juillet 1837, avec une pompe dont le souvenir vivra longtemps dans le cœur des bons Marseillais. Chaque année, vers l'époque de la Fête-Dieu, afin que le triomphe de la Mère vienne se mêler à celui du Fils, la belle statue de Notre-Dame de la Garde est descendue processionnellement de la montagne, et se rapproche des habitations du peuple qu'elle bénit et console par sa présence.

Le sanctuaire de Notre-Dame de la Garde, confié aujourd'hui au zèle des missionnaires de Provence, va, dit-on, être agrandi, restauré, et rendu plus digne encore de la *bonne Mère*, qui se plaît à y répandre des graces. En attendant, un gigantesque et magnifique bourdon, qu'on entend de plus de six lieues à la ronde, a été placé solennellement, il y a quelques années, au-dessus de la chapelle. Un poète l'a chanté en de beaux vers. Nous citerons seulement la strophe suivante :

> Il est là, suspendu sur la foule étonnée;
> Il offre à tous les yeux sa voûte festonnée
> Dont l'arabesque suit le contour spacieux :
> Et le peuple accouru, qui dans l'air le contemple,
> Hésite, croyant voir la coupole d'un temple
> Que le vent berce dans les cieux [1].

J'ai visité de nombreux *pélerinages* au sein de grandes cités, au bord des mers, ou sur le sommet des montagnes; mais aucun d'eux, je dois le dire, ne m'a semblé aussi heureusement situé que le vénérable sanctuaire de *Notre-Dame de la Garde*. Ce n'est point seulement par cette vue magique d'une mer dont les eaux bleues se confondent à l'horison avec l'azur d'un ciel presque toujours pur et sans nuage. C'est encore par cette position merveilleuse aux portes de la France, qui semble dire à tout étranger abordant au port de Marseille : *Marie est reine et patronne de la France. Voilà là haut son premier trône dans notre patrie!* C'est par le spectacle de ces nombreux missionnaires ou voyageurs chrétiens, qui, partant pour aller évangéliser l'Orient, ou visiter le tombeau de Jésus-Christ, comme ces quarante pieux pèlerins dont on a parlé naguère [2], viennent tous s'agenouiller sur les dalles de ce temple et confier leurs travaux ou leur voyage à la protection de la douce *Etoile de la mer!*

Mais voici un spectacle peut-être plus touchant encore. C'est une femme du peuple, une pauvre mère, une veuve

[1] Autran.

[2] Les quarante pélerins partis ensemble vers la fin de 1853 et dont Marie a béni le saint voyage et protégé le retour.

peut-être. Elle monte à *Notre-Dame de la Garde*, avec son fils, jeune homme de douze à treize ans, qui vient de revêtir le costume de marin. Arrivé dans la chapelle, la mère le bénit, lui donne un scapulaire, un chapelet, comme ses trésors et sa sauve-garde. L'enfant, pendant qu'il gravissait la montagne, avait contemplé la mer où l'appelait son jeune courage, en se disant avec une secrète fierté : « Voilà où je serai demain ! » Mais quand il se voit bénir en pleurant, il s'attriste à son tour, il s'attendrit, il sent se refroidir son juvénile courage. Alors, pour raffermir son cœur, il promet, il jure de plutôt mourir que de jamais abandonner la *bonne Mère*. Et la pauvre femme, résignée et consolée, descend avec son fils de la montagne. Et le lendemain, à l'aube du jour, quand part ce jeune fils, son baiser maternel est moins triste. Elle lève les yeux et croit voir briller sur la tête de son enfant la douce image de l'*Etoile de la mer*, qu'elle a tant implorée la veille. Que lui importent désormais les vents et les orages ?....

Et nous aussi, nous avons mis notre confiance dans cette *Etoile de la mer*, l'une des gracieuses formes sous lesquelles la Mère de clémence et de miséricorde apparaît ici-bas à nos regards, trop souvent inquiets, attristés. O Marie, voilà pourquoi je suis venu aujourd'hui, obscur pèlerin, vous visiter dans l'un de vos plus vénérables sanctuaires. Daignez agréer l'humble offrande que je viens d'y déposer. Vierge sainte, bénissez mes études, mes travaux, ma famille. Au milieu de toutes les situations de ma vie, mais surtout dans les orages et les tempêtes du monde, soyez toujours pour nous, comme pour le pauvre enfant de la veuve du marin, la *bonne Mère*, la douce *Etoile de la mer !*...

X

Un saint Crépin normand.

Dans une petite ville de Normandie, où j'aime, après une année d'études et de travaux, à venir respirer l'air pur et vivifiant de la mer, j'ai rencontré un homme auquel le nom de *saint Crépin normand* me semble parfaitement convenir. Vous pourrez en juger, si vous voulez jeter avec moi un coup d'œil sur sa simple histoire.

Cet homme, jeune encore, exerce donc l'état de cordonnier. Cette profession s'est ennoblie entre ses mains, car il l'exerce avec dignité et avec une joie pure, en songeant à l'humble travail de Jésus dans la maison de Nazareth. A ses côtés travaille un petit garçon. Ce n'est point son fils, mais le fils de son frère, qu'il a adopté, auquel il enseigne son métier et qu'il regarde comme son propre enfant. Une pieuse sœur qui vit avec lui sert de mère elle-même au petit bon homme et s'occupe des soins du ménage. Cette maisonnette offre ainsi le tableau d'une *sainte famille* où tout respire la paix et le contentement. Naguère elle était plus nombreuse. Le frère et la sœur avaient auprès d'eux leurs vieux parents: Ils les ont vu disparaître de ce monde tous deux, presque en même temps, après leur avoir donné les soins les plus dévoués de l'amour filial. Restés seuls dans la maison paternelle, ils s'y sont établis avec leur jeune neveu, et se sont promis de ne point se quitter.

Après la messe matinale pieusement ouïe, le nouveau saint Crépin s'installe dans son humble et étroite boutique. Là, ses instruments à la main, il travaille gaiement toute la journée, et lorsqu'il sent quelque fatigue, une pensée vers Dieu, le chant d'un cantique, le distrait et le ranime. Il sait que le travail est le lot de tout le homme ici-bas, et que *celui qui ne travaille pas*, comme dit l'Ecriture, *ne mérite pas de manger*. Modèle de l'ouvrier diligent et laborieux, il consacre toutes les heures du jour à raccommoder ou à faire des chaussures. La Providence, qui le protége, permet que l'ouvrage ne lui manque jamais. Toute la semaine se passe ainsi pour lui dans un labeur pénible et monotone qu'il sait égayer et sanctifier. Mais, à la fin de cette semaine si dignement employée, vient un jour heureux, salué avec plaisir : il repose le corps fatigué, et relève l'âme, qui a besoin à son tour d'être ranimée, nourrie et fortifiée par les saints enseignements de la parole de Dieu.

Dans nos grandes villes et trop souvent dans nos campagnes, le dimanche *ce jour que le Seigneur a fait*, est, hélas ! encore pour le pauvre ouvrier un pénible jour de travail. Quand l'aurore de ce grand jour se lève, et que les gais carillons, par leur son argentin, appellent le peuple dans le temple, combien d'infortunés engagés au service d'un maître impitoyable ne répondent point à cet appel, reprennent tristement le hoyau, les outils de la veille, et voient enfin s'écouler pour eux un jour ordinaire! Il en est d'autres, et en grand nombre, pour qui le dimanche est une journée de dissipation, de plaisirs, de folles dépenses qui engloutissent le gain de toute une semaine : ouvriers malheureux et insensés, qui d'un jour de fête, de sainte joie et de repos, font une journée néfaste dont leur famille en pleurs redoute le funeste retour!

Oh! qu'il en est bien autrement de notre bon cordonnier de Normandie! Chaque dimanche est réellement pour lui un beau jour, un jour de fête et de bonheur. Non-seulement tout travail a cessé dans sa boutique; mais des occupations saintes l'ont remplacé. Le voyez-vous d'abord monter à l'église pour ouïr la messe la plus matinale? Si vous entrez avec lui dans le lieu saint, vous serez édifié de sa tenue modeste, recueillie; et quand vous le verrez s'approcher de la table eucharistique, vous serez frappé de l'air angélique et noble dont sa jeune figure est empreinte. Le pieux ouvrier reparaît à la grand'messe, mais ce n'est plus dans le même costume. Sous les ornements de soie qui le couvrent, on le reconnaîtrait difficilement, si son attitude modeste et sainte n'aidait encore à le découvrir. La blouse du cordonnier a fait place en ce moment à la chape et au vêtement des choristes. Notre saint Crépin, doué d'une belle voix, est en effet premier chantre dans la paroisse de ***. A vêpres, on le retrouve encore dans le même costume. Aux processions et dans toutes les cérémonies religieuses, il figure toujours sous ces vêtements d'honneur, dont il aime à se parer. Il est heureux alors et ne sent point la fatigue. Que lui importe! Ne lui semble-t-il pas être plus rapproché de Dieu, en aidant ainsi de tout son pouvoir à la pompe de son culte?

Mais quand viendra le soir du dimanche, on verra du moins le saint ouvrier prendre quelques heures de repos ! Il l'a si dignement acheté..... Et puis, il est si doux, le soir, de se promener sur la plage, de respirer l'air pur et frais de la mer, en causant avec quelques amis, et en contemplant l'astre du jour qui, s'abaissant majestueusement, va cacher son disque d'or au sein de l'onde. Ah ! oui, cette heure est délicieuse; et pour ma part je m'estimais heureux d'en savourer les douceurs. Mais mon généreux ami ne connaît guère ces jouissances, si pures, si légitimes cependant. Savez-vous ce qu'il fait durant les heures dont je parle?... Il visite les pauvres, les infirmes, les malades de la ville, et leur porte des secours, car ce simple ouvrier est un membre zélé de la Société de Saint-Vincent de Paul. Son mérite et sa charité lui ont même valu les honneurs de la présidence; et la petite conférence de *** est dirigée par lui avec une activité, une sagesse que je souhaite à tous les autres présidents.... Pas n'est besoin d'ajouter que ce zélé apôtre prend une forte part à tout le bien, à toutes les bonnes œuvres que d'autres font dans sa ville natale; qu'il est heureux, quand parmi les baigneurs, il rencontre quelques confrères de Saint-Vincent de Paul. Les accueillir comme des amis, des frères, et leur rendre tous les services qui dépendent de lui, devient pour son cœur charitable un besoin et un plaisir plus encore qu'un devoir. Que de faits touchants de délicatesse, de bonté, ne pourrais-je pas raconter ! Mais je m'arrête, et je n'ai plus qu'un mot à dire encore.

Cet humble ouvrier n'a point étudié. Lire, écrire, quelque peu compter, et travailler à son état, voilà à peu près tout ce qu'il a appris. Il a très-peu lu, le temps lui ayant toujours manqué pour de longues lectures. Et cependant ce simple cordonnier raisonne admirablement sur les choses de Dieu. L'amour divin semble lui avoir tout appris; cet amour, qui éclaire l'intelligence et purifie le cœur, lui a donné en outre une délicatesse de sentiments, de procédés, de manières, qu'on trouve bien rarement dans des conditions plus élevées. En l'entendant parler, on se demande : Où donc a-t-il appris toutes ces choses ? Et naturellement on se rappelle la parole de ce grand saint qui, interrogé où il avait puisé sa vaste science, répondit : *Dans ma cellule, au pied d'un crucifix* [1].

O vous, dont je viens de retracer une bien faible esquisse, saint et modeste ouvrier dont l'amitié m'honore, pardonnez-moi d'avoir essayé d'édifier quelques lecteurs par ce récit de vos vertus. Quand naguère, votre main durcie par le travail pressait la mienne en signe d'adieu, j'ai senti mon cœur ému, au souvenir de votre vie si humble aux yeux des hommes, si grands aux yeux de Dieu. Maintes fois depuis, vous m'avez apparu comme un *ange de la terre*, et je suis heureux de faire partager à mon lecteur les émotions de votre pieux souvenir.

[1] S. Bonaventure.

XI

Pélerinage à Notre-Dame de Grâce de Rochefort.

C'était vers la fin de septembre, durant l'une de ces belles journées d'automne, si pures et si admirables dans nos pays méridionaux. Parti de Bagnols au point du jour, je cheminais, non point à pied, comme nos anciens pèlerins, mais commodément assis (je l'avouerai à ma honte) dans un bon coupé de diligence. Deux mules nous entraînaient d'un pas quelque peu rapide, point assez cependant pour m'empêcher d'observer à loisir les riants paysages qui s'offraient à ma vue. A peine hors des murs, je contemplais à ma gauche ces hautes collines dont le pied semble se baigner dans les eaux de la Cèse, et dont les sommets découpés serpentent et se détachent avec grace sur le fond azuré du ciel A l'un de ces sommets, les ruines imposantes du castel de Gicon rappellent les souvenirs féodaux des temps du moyen-âge. Au bas, un peu plus loin, c'est l'humble village de Chusclan, berceau du célèbre missionnaire Brydaine. A notre droite, c'est Orsan (*Aurum*

Sanctum), dominé par sa montagne féconde en légendes ; au-dessus de nous, le vaste plateau qui la couronne, appelé *Camp-de-César*.

Nous avançons, et voilà que soudain le soleil, jusqu'alors dérobé à nos regards, s'élevant radieux au-dessus de la crête des collines, illumine toute la contrée de ses feux naissants, et par sa présence vient réjouir la nature. Le chant des oiseaux dans la feuillée des arbres célèbre son retour. D'autres chants parviennent aussi à nos oreilles. Ce sont les gais refrains des joyeux vendangeurs qui, dispersés dans les vignes, recueillent les grappes précieuses destinées à produire l'excellent vin dont la juste renommée s'étend bien au-delà des bornes de cet horizon. A chaque instant la route est traversée par des chariots remplis du raisin qu'attend le pressoir. Dieu soit loué ! Une récolte abondante répondra donc cette année au vœu des vignerons ! Oui, bénissons la Providence, qui fertilise nos campagnes et fait mûrir avec tant de libéralité nos fruits et nos moissons.

Nous traversons le joli bourg de Saint - Geniez. A peine avons-nous dépassé les dernières maisons, qu'un magnifique panorama se déroule à nos yeux. A notre gauche, s'étend un pleine vaste et féconde, couverte de vignes, et arrosée par le Rhône, au cours rapide et majestueux. Les îles boisées, verdoyantes, de Grammont, de Caderousse; Orange, fière de son théâtre antique et de son arc de triomphe de Marius; plus près de nous, Montfaucon, avec son vieux château, qui semble le roi la contrée; au loin, le gigantesque Mont-Ventoux; devant nous, enfin, au bout de l'horizon, la vieille et noire tour du château de Roquemaure; tels sont les objets qui frappent notre vue, ou que nos regards du moins, obéissant à nos pensées, cherchent à découvrir. Nous suivions alors un chemin pittoresque, pratiqué au bas d'une longue chaîne de montagnes, dont les masses énormes, allongées presque à pic, ou se courbant en voûte, semblent menacer le voyageur. Au milieu de ces monts sourcilleux, se trouve le défilé dit le *Passage-d'Annibal*. Une gracieuse allée de peupliers, une chaussée annoncent enfin la petite ville de Roquemaure. Un instant nous faisons halte dans ses murs. Je cours aussitôt à l'église pour prier près du tombeau de Brydaine. Epuisé de fatigues et de travaux, l'illustre missionnaire s'était acheminé vers Roquemaure pour y prêcher encore la parole de son bon Maître, quand Dieu résolut d'appeler à lui son digne serviteur. Durant les douleurs d'une maladie aiguë, il répétait souvent : *O Jésus, mon amour, vous avez souffert bien davantage !* Puis, quand une main amie approcha de ses lèvres mourantes le pain eucharistique, il s'écria : « *O mon Dieu ! c'est aujourd'hui le jour le plus glorieux de ma vie !* C'est ainsi que passa doucement à une vie meilleure cet homme de bien. Qu'il est beau, qu'il est doux de mourir ainsi !

A travers un chemin qui n'offre plus rien de remarquable, nous poursuivons notre route. Laissant derrière ou à côté de nous les villages de Châteauneuf, Sauveterre, etc., nous arrivons enfin à Villeneuve-lez-Avignon. Ici commence mon pèlerinage pédestre. Joyeux de cheminer en vrai pèlerin, je me lance d'un pied hardi dans la route escarpée et rocailleuse qui doit me conduire à Rochefort. Un incident arrête mes pas. En passant devant l'église de Villeneuve, j'entends des chants résonner à mes oreilles. J'entre. On célébrait une messe des morts. Je prie à mon tour pour l'âme de ce fidèle inconnu, mon frère dans la foi, pour lequel la Victime sainte s'immolait sur l'autel. Oh! que le Dieu des miséricordes lui soit propice et le reçoive dans ses tabernacles éternels!

Par Saint-Laurent, Lirac, Tavel, il est, de Bagnols à Rochefort, une autre route plus courte, plus directe. Mais je ne sais quel malfaisant génie m'avait fait prendre une autre voie. Pèlerins qui entreprenez un pieux voyage à travers une route ignorée, gardez-vous d'ajouter foi entière aux indications qu'on vous donne; et tenez pour certain que la distance à parcourir sera double de celle sur laquelle vous comptiez. Je devais en une heure aller de Villeneuve à Rochefort. Et cependant, voilà deux heures que je marche sous un soleil ardent; le soleil vient d'atteindre le milieu de sa course, et je n'ai point atteint encore le pied de la montagne dont la chapelle de Notre-Dame-de-Grace couronne le sommet. Heureux du moins le pèlerin, quand, entouré de frais, de beaux paysages, il traverse des chemins unis, faciles, et lorsqu'un temps calme, serein, provoquant dans son esprit de suaves pensées, tout concourt à lui rendre moins pénibles les heures du voyage! Mais, hélas! je cheminais dans une campagne agreste, stérile, sur des monts déserts, pierreux, où nul tableau réjouissant ne s'offrait à ma vue. Livrais-je par hasard mon âme à quelque agréable pensée, un de ces terribles vents d'Avignon qui soufflent fréquemment sur ces hauteurs, venant souffleter mon visage, interrompait soudain ma rêverie. Soyons justes, cependant. Un magnifique spectacle avait frappé mes yeux du sommet de la montagne. Quel admirable coup-d'œil! A mes pieds, sur la rive droite du Rhône, c'est Villeneuve adossée aux majestueux coteaux qui s'élèvent en face d'Avignon et présentent au fleuve un escarpement rapide; Villeneuve, avec ses ruines de l'abbaye de Saint-André, et sa célèbre chartreuse entourée, comme une forteresse, de murailles et de tours. Plus loin, sur la rive opposée, c'est Avignon, avec sa vieille métropole et son *Palais des Papes*, dont la masse énorme domine le *Rocher-des-Dons* et la ville entière. Sur le même plan se dessinent les nombreux clochers ou les tours de l'ancienne ville papale. Le pont de Saint-Bénezet, avec sa vieille chapelle, frappe aussi mes regards. Entre les deux cités séparées par le Rhône, je découvre la grande et verdoyante île de *la Barthelasse*, qui, comme une corbeille de fleurs, repose agréablement la vue. A ma droite, j'admire le nouveau pont d'Avignon, jeté si hardiment sur l'impétueux fleuve. Enfin ma vue, s'étendant au loin, suit, à travers l'immense plaine, une bande blanchâtre et poudreuse : c'est la route qui conduit à Nîmes, la Rome gauloise.

Pour mieux contempler ce bel horizon, je m'étais détourné du chemin, et placé sur un tertre où l'aspect d'un modeste monument avait attiré mes pas. Sous les débris d'une arcade en ogive, s'élevait une croix de pierre. Son piédestal présentait des inscriptions plus qu'à-demi-effacées. Tandis que j'essayais de les déchiffrer, un bon paysan qui passait sur la route, s'arrête, me regarde, et, prévenant mes questions : « Là, Monsieur, me dit-il, on voyait autrefois une chapelle. Elle fut bâtie par un pieux missionnaire qui, surpris un jour en ce lieu même par des voleurs, parvint, avec l'aide de Dieu, à se débarrasser de leurs mains. Sa vive reconnaissance lui avait fait construire ce petit monument. Mais le temps et plus encore les hommes ont détruit tout cela : il ne reste plus que ces ruines. » Je remerciai le bon paysan, et, le cœur ému de ce pieux souvenir, je repris le chemin de mon pélerinage.

Il touche enfin à son terme. Parvenu au faîte d'une montagne, voilà que je découvre un tout autre horizon. C'est une vaste et fertile pleine, couverte de vignobles, et coupée par de gracieux sentiers dont l'un va m'amener bientôt au but de mon voyage. Bien-aimé sanctuaire de Notre-Dame-de-Rochefort ! je t'aperçois enfin à l'autre bout de la plaine, brillant au sommet de ta colline aride, comme une splendide étoile suspendue dans les airs. Voilà ton clocher dont la flèche pyramidale s'élance avec grace et donne à tout le bâtiment un aspect pittoresque, religieux, Salut, pieux et cher asile, où tant de pélerins sont venus prier ! Quand je viens à mon tour m'agenouiller dans ton enceinte, daigne l'auguste patronne de ce temple m'y accueillir avec bonté et m'y dispenser quelques-unes de ces graces dont elle est le céleste canal !

C'était un samedi, jour plus spécialement consacré au pieux pélerinage. A chaque instant s'offraient donc à ma vue des groupes de pélerins montés sur des charrettes tendues de toiles et traînées par une mule aux grelots bruyants. Là, sont des familles entières assises sur des matelas qui serviront de lit la nuit prochaine. Près de la mère est le panier aux provisions, que les petits enfants s'arrachent quelquefois. L'espoir, la joie, la confiance brillent sur le front de tous. Il est aisé de reconnaître que ce voyage, depuis longtemps promis, longtemps projeté, est un épisode heureux dans la vie monotone et parfois si pénible des bons habitants de nos campagnes.

Je vis pourtant une pauvre mère qui tenait, triste et les yeux humides, son petit enfant sur ses genoux. Je m'approche. « Vous allez aussi à Notre-Dame ? — Oui, Monsieur, j'y vais pour mon enfant malade. Voyez, le pauvre petit ! comme il est maigre, pâle ! Voilà huit jours qu'il ne mange plus. Aussi, tout le monde me dit, dans notre village : Ton pauvre Pierret s'en va ; il ne peut aller loin. Moi seule je dis : Non, Pierret ne mourra point, car je l'ai *promis* à Notre-Dame. — Bonne mère, ayez donc confiance, et ne pleurez point. — Oh ! Monsieur, ce n'est plus de crainte, c'est de joie que je pleure ! Tenez, voyez-vous, depuis que j'aperçois là-bas le clocher de la chapelle, quelque chose parle là, dans mon cœur, et me dit : Ton petit enfant guérira. Ah ! Monsieur, n'avais-je pas raison, quand je disais à son père : Si je puis le mener à Notre-Dame, nous conserverons notre Pierret ? »

Foi naïve, admirable d'une villageoise, vous méritez aussi une récompense. Comme l'hémorroïsse de l'Evangile, qui, cherchant à s'approcher de Jésus, disait, *Si je puis toucher seulement le bord de sa robe, je serai guérie*, heureuse mère, vous serez exaucée. Dieu vous dira : Ma fille, ayez confiance, votre foi a guéri votre enfant.

Assis sur le piédestal de la croix de pierre placée au bas du sentier qui conduit au sommet du mont, je reprenais haleine un instant, lorsqu'un spectacle attendrissant frappa mes yeux ; son souvenir m'arrache encore des larmes. Comme ces pélerins de Rome qui montent à deux genoux les marches de la *Scala santa*, de pieux fidèles gravissent à genoux, les pieds nus, et en priant, la sainte montagne de Rochefort. Mais ici, que la marche est autrement longue, difficile ! Ces pélerins, s'éloignant du sentier battu qui serpente autour du mont, se tracent eux-mêmes un chemin plus direct, plus court, mais singulièrement pénible. C'est une sorte de voie douloureuse à travers des roches arides et des pierres aiguës. Et cependant ce sont de simples femmes, âgées, infirmes, de pauvres jeunes filles, qui la parcourent durant plus d'une heure, le chapelet à la main, et les yeux tournés vers le sanctuaire de Marie, dont la vue les encourage, les anime. O filles ! ô mères ! j'admire votre foi, votre confiance. L'une et l'autre, n'en doutez pas, seront bénies de Dieu. Ah ! que d'autres, s'ils l'osent, tournent en dérision cet antique et pieux usage. Pour moi, je vous contemple avec attendrissement, avec larmes. Votre marche si humble, si suppliante, ne doit-elle pas plaire singulièrement à la Reine du ciel, que dis-je ? aux regards du Tout-Puissant ? n'est-elle pas plus noble, plus sublime, que celle de beaucoup de conquérants sur leur char de triomphe ? Oui, mon Dieu ! au grand jour du jugement, cette marche agenouillée d'une pauvre villageoise pour se rendre à votre sanctuaire, pesant d'un grand poids dans la balance de votre justice, l'emportera peut-être sur beaucoup d'actions glorieuses qui semblent vouer un nom à l'immortalité !...

Des vieillards, des infirmes, des estropiés assis sur les roches, implorent à haute voix la charité des pélerins. Vous tous qui passez, n'oubliez point les pauvres de Jésus-Christ, ou plutôt Jésus-Christ lui-même qui sollicite votre aumône. Il vous la rendra tout-à-l'heure au centuple....

Me voici sur le sommet du mont. Je cours prier dans la chapelle..... Un instant après, j'étais dans le cloître des révérends pères maristes, où je trouvais cet accueil aimable, cette hospitalité franche, fraternelle, qui réjouit le cœur et fait oublier bien vite les fatigues d'un long voyage.

Ce n'est point ici le lieu de raconter l'antique origine du pèlerinage de Notre-Dame de Rochefort, ni de résumer son histoire qui remonte aux temps de Charlemagne. Rappelons seulement qu'au XVIIe siècle, l'an 1637, un essaim de religieux bénédictins de l'abbaye de Saint-André de Villeneuve vint se poser sur la montagne de Rochefort. Ces religieux, possesseurs de biens assez considérables, en consacrèrent avec bonheur une partie à la gloire de la Mère de Dieu. Ils entourèrent la sainte chapelle de vastes bâtiments qui servirent de monastère ou d'asile pour les pèlerins. Le service divin y fut dès lors célébré chaque jour régulièrement ; les pieux fidèles pouvaient arriver en tout temps, assurés de trouver près du bien-aimé sanctuaire, des amis bienfaisants, des confidents discrets et compatissants de leurs pensées, de leurs désirs, de leurs joies, de leurs douleurs.

Le séjour des bénédictins sur la sainte montagne fut l'époque de son éclat et de sa gloire. Les beaux jours étaient revenus pour elle. Les pèlerins s'y rendaient en grand nombre : on y accourait, non-seulement des pays voisins, mais encore de tout le Languedoc et d'autres provinces du Dauphiné, du Vivarais, du Gévaudan, etc. Des prodiges presque journaliers étaient le prix de la confiance filiale des pèlerins. De riches offrandes étaient apportées par les mains d'illustres personnages dans le sanctuaire. Le roi Louis XIV et son auguste mère, la reine

Anne d'Autriche, y firent eux-mêmes de pieuses fondations [1]. Ce fut à la demande de cette princesse, que les bénédictins de l'abbaye de Saint-Corneille de Compiègne donnèrent, en 1646, à leurs confrères de Rochefort, un fragment considérable du voile de la très-sainte Vierge, dont ils étaient en possession. La précieuse relique, reçue dans le sanctuaire avec tous les témoignages de respect qu'elle méritait, fut renfermée dans une châsse d'argent du poids de quarante marcs, décorée d'ornements du plus habile travail. Appliquée sur les malades, elle opérait, dit-on, des guérisons merveilleuses. Aussi les peuples venaient-ils en foule contempler ce vêtement sacré de la Reine du ciel, exposé dans le saint lieu à leur vénération.

Les souverains pontifes s'estimaient heureux, à leur tour, de témoigner à Marie leur reconnaissance, pour les grâces qu'elle se plaisait à répandre dans son cher sanctuaire de Rochefort. Alexandre VII envoya déposer sur ses autels un magnifique reliquaire contenant une portion de toutes les plus précieuses reliques qui se conservaient à Rome. Plus tard, Pie VI, de glorieuse et touchante mémoire, accordait une fois l'an une indulgence plénière à tous les pèlerins de la sainte montagne [2].

Les bénédictins furent d'une autre manière les bienfaiteurs de la contrée. Ces hommes de science et de labour, dont les sueurs ont défriché une grande partie du sol de notre France et de l'Europe, ne restèrent point ici en

[1] Voir une tablette de marbre, sur un des piliers de la chapelle.

[2] Par un bref du 27 juillet 1778. — Sur la demande de Mgr Cart, évêque de Nimes, la même indulgence a été renouvelée par le pape Pie IX, par un bref du 20 janvier 1847.

arrière [1]. La vaste plaine du Pugeau, qui s'étend au pied de la montagne, ne présentait, dit-on, à l'arrivée des fils de saint Benoît, que des étangs et des marais stériles. Si la fertilité et l'abondance règnent aujourd'hui dans cette magnifique plaine, personne n'ignore quelles sont les mains qui l'ont desséchée et rendue propre à la culture. C'est ainsi que, partout où s'arrêtaient leurs pas, ces pieux enfants du cloître apportaient aux peuples les bénédictions de la terre avec celles du ciel.

Aujourd'hui la chapelle de Notre Dame de Rochefort, après bien des vicissitudes, est desservie par quelques pieux enfants de ce nouvel institut, qui, presque encore à sa naissance, a rendu son nom vénérable parmi nous, et glorieux dans les lointaines missions de l'Océanie, où il a déjà cueilli des palmes du martyre [2]. Derniers venus dans notre bien-aimé sanctuaire, leur charité, si tendre, si active, a déjà gagné tous les cœurs et répandu de nombreux bienfaits. Ils ont fait réparer l'ancien monastère, retabli l'hôtellerie des pélerins; ils ont embelli la chapelle; ils n'ont rien épargné enfin pour attirer, aux jours d'été et d'automne, un populeux concours sur la sainte montagne..... Honneur donc à vous, pieux ma-

[1] « Les moines bénédictins, dit M. Guizot, ont été les défricheurs de l'Europe; ils l'ont défrichée en grand, en associant l'agriculture à la prédication. Une colonie, un essaim de moines, peu nombreux d'abord, se transportaient dans des lieux incultes ou à peu près, souvent au milieu d'une population encore païenne, en Germanie, par exemple, en Bretagne, et là, missionnaires et laboureurs à la fois, ils accomplissaient leur double tâche, souvent avec autant de péril que de fatigue. » (*Cours d'Histoire moderne*, tom. II, 14e leçon.) — Cet aveu est précieux à recueillir de la bouche d'un écrivain né dans le calvinisme.

[2] La *Société de Marie* ou les *Maristes*. — Le P. Chanel, martyr à Futuna (Océanie); Mgr Epalle, etc.

ristes, gardiens et zélés promoteurs du culte de votre sainte Mère sur ce mont fécond en merveilles ! Marie vous a choisis comme autrefois Dieu lui-même choisit Joseph, homme juste et pur, pour le gardien de sa virginité. Recevez ici, religieux vénérables, l'hommage de notre pieuse reconnaissance, mêlé à celui de l'affection que vous témoignent chaque année plusieurs milliers de pélerins.

Je pourrais me borner à ces pages. Cependant je me sens pressé de rapporter encore un pieux et touchant souvenir qui honore à son tour ma ville natale. C'est celui de ce beau jour où, lorsque naguère la société, fortement ébranlée, travaillait avec tant de peine à se rasseoir, une population entière offrit l'un de ces spectacles qui fortifient, rassurent les âmes les plus troublées, les plus timides, et les remplissent d'une douce confiance pour l'avenir. Oui, on la vit alors accourir dans le bien-aimé sanctuaire de Rochefort, et là, suspendre au dessus du baldaquin, comme un signe d'espérance, une riche bannière qui brille encore au faîte du temple, et sur laquelle on lit ces mots : *Marie protége la France.* Qu'il me soit permis de retracer ici, pour l'édification de mes frères dans la foi, une simple esquisse de cette pieuse et belle fête !

C'était le dimanche 3 septembre 1848. Après la célébration de la sainte messe et la bénédiction de l'étendard offert à la Mère de Dieu, le pieux cortége se met en marche : il sort processionnellement de la ville, au son de toutes les cloches, au bruit des tambours et des chants des pélerins; puis on rompt les rangs, on se divise par groupes, et, les uns en voiture, la plupart hissés sur des charrettes tendues de toiles, et les autres à pied, tous poursuivent joyeusement leur route, après s'être donné rendez-vous au bas de la montagne de Rochefort. Quel singulier spectacle que ce départ d'un millier de pélerins! On eût dit l'une de ces scènes d'un autre âge, alors que tous les habitants d'une bourgade, d'une cité, leur pasteur en tête, s'en allaient par les chemins, suivant nos chroniqueurs, pour accomplir un vœu ou prêter leurs bras pour l'érection de quelque magnifique cathédrale. Nous traversons ainsi les villages de Saint-Laurent-des-Arbres, de Lirac, de Tavel : partout, sur notre passage, la foule se rassemble : on accourt, on s'étonne : les mères devant leurs portes, tenant leurs petits enfants dans les bras, nous regardent passer d'un œil d'envie et sourient aux pélerins. J'ai vu l'une d'elles essuyer quelques larmes d'attendrissement : peut-être pensait-elle à un époux, à un enfant, et demandait-elle pour eux une grace du ciel. Daignez la lui obtenir, ô Marie, refuge et soutien des pauvres mères!

Quoi de plus touchant cependant que cette longue file de fidèles, tous animés d'une même pensée, allant au nom d'une cité implorer pour elle, pour la France, dans un pieux sanctuaire, l'appui céleste du *Secours des chrétiens*, de la *Consolatrice des affligés*, du *Salut des infirmes!* Le long de la route, on récite le chapelet, le rosaire, les litanies de la sainte Vierge, on chante un cantique.... Enfin l'on arrive au pied de la montagne. Là, le pasteur retrouve tout son troupeau, on fait halte un instant, la procession se remet en ordre, chacun reprend son rang, et l'on gravit ainsi lentement le mont escarpé que couronne la chapelle de Notre-Dame-de-Grace.

Quel beau spectacle, ô mon Dieu! J'en garderai longtemps le souvenir.... C'était le soir d'une de ces délicieuses journées de septembre, où, sous notre ciel méridional, le calme de l'air, la pureté de l'atmosphère, apportent dans l'âme chrétienne je ne sais quoi de suave, de serein, qui l'invite au recueillement, aux saintes pensées. Le soleil dardait sur ces lieux bénis ses derniers rayons, tandis que, grave et silencieuse, cette pieuse population gravissait, aux chants de l'*Ave maris stella* et des Litanies, le sentier rocailleux qui serpente autour de la montagne. Tout était calme dans la nature; une légère brise effleurait à peine les plis soyeux de la bannière azurée, qui, marchant en tête, brillait déjà au sommet du mont, lorsque les derniers rangs, formés de groupes d'hommes, étaient encore à son pied dans la plaine. Ainsi, partout, sur la cime, le long du sentier, au bas du mont, les chants se mêlaient, se répondaient. Aux voix plus douces de la confrérie de la sainte Vierge, retentissant au sommet, succédaient au-dessous les voix mâles et fortes des *pénitents* ou des *confrères de Saint-Joseph*. On eût dit le ciel et la terre formant ainsi comme un concert de louanges pour célébrer à l'envi leur auguste Reine.

Le vénérable supérieur des pères maristes attendait les pélerins à l'entrée de la chapelle. Il les reçut avec une bonté affectueuse, comme des amis, des frères qui venaient prier avec lui pour le salut, pour la prospérité de notre chère France. On entonne aussitôt le chant des vêpres. Durant ce temps, la bannière offerte à Marie s'élevait radieuse au-dessus du baldaquin qui couronne si élégamment le maître-autel. C'est là, à ce poste d'honneur, qu'elle fixera désormais les regards de tous les pélerins. *Je vous salue, Marie, pleine de grace!* cette parole de l'ange était en ce moment sur toutes les bouches comme dans tous les cœurs. Elle servit de texte et de paraphrase au pieux curé de Bagnols, qui, dans une allocution singulièrement touchante, épancha les sentiments de tendre confiance dont son âme était remplie. Un salut pompeux termina la cérémonie; mais la fête devait continuer le lendemain.

Durant la nuit, de nombreux fidèles étaient demeurés dans la chapelle, priant, chantant les louanges de Dieu ou de son auguste Mère. L'aurore les retrouva dans cette sainte occupation. Au point du jour, M. le curé de Bagnols célébra la messe des pélerins. Oh! comme son noble cœur dut être consolé en les voyant presque tous s'approcher de la sainte table! Oui, presque tous, hommes, femmes, enfants, jeunes filles, étaient là pieusement recueillis, et, un Dieu dans leur cœur, priant pour eux-mêmes, pour leurs familles, pour notre patrie, par la médiation toute-puissante de l'antique patronne de la France. O Marie! vous accueillerez les prières, les vœux de ce bon peuple! Présentés par vous au Sauveur Jésus votre Fils, ils seront exaucés. A-t-on jamais invoqué en vain votre nom béni dans ce vénérable sanctuaire, où votre main libérale s'est plu à répandre tant de bienfaits!....

Une grand'messe, célébrée solennellement et chantée avec beaucoup d'ensemble par le chœur des pénitents, termina le saint pélerinage. Se remettant en marche, les pélerins rentrèrent le soir à Bagnols processionnellement comme ils étaient partis. Ceux de leurs compatriotes qui n'avaient pu être du pieux voyage, les accueillirent comme des messagers de paix et de grâces, portant sur leur visage souriant l'assurance d'une mission heureusement remplie. Tous se rendirent à l'église, où le digne pasteur bénit son troupeau. Une fois encore il voulut parler : *Gloire à Dieu*, dit-il, *gloire aussi à Marie!* La fatigue et l'émotion arrêtèrent sa voix.... Mais gloire aussi à vous, saint prêtre, que votre paroisse chérit et vénère!.... Votre zèle, votre charité ardente porteront leurs fruits : d'autres, sans doute, imiteront le bel exemple que vous avez donné. L'étendard de Marie, protectrice de la France, ainsi arboré de toutes parts sous les voûtes de nos temples, deviendra comme le *palladium* sacré de notre cher pays. Puisse-t-il être aussi comme l'arc-en-ciel qui, après des temps d'orages, présage des jours de calme et de sérénité!

XII

Les vrais amis du peuple.

De nos jours, beaucoup de gens se parent de ce beau titre de vrais amis du peuple. Ils élaborent à grands frais l'encre et le papier de spécieux systèmes où tout est pour le mieux en théorie. Mais vienne la pratique, c'est là que les attendent les plus tristes déceptions.

Que d'exemples ne pourrions-nous pas citer de systèmes nouveaux, brillants en apparence, mais qui, bâtis sur le sable, n'ont pas su résister au moindre souffle du vent!

Ces hommes, si enthousiastes de leurs pensées et de leurs combinaisons, ne sont-ils pas presque toujours des esprits inquiets, malades, aveugles, qui cherchent le bien et le bonheur du peuple en dehors de sa route véritable? Non, ce ne sont point là de *vrais amis*. Il peut se trouver parmi eux des natures bonnes, généreuses; et celles-là, nous en avons connu plusieurs, ne restent pas longtemps dans la voie de l'erreur. La lumière de la vérité se fait au sein de leur bonne foi; et, comme de nouveaux Paul, ils deviennent les champions, les apôtres éloquents de la cause sainte qu'ils avaient longtemps méconnue, persécutée.

Quels sont-ils donc enfin ces *vrais amis du peuple?* car il en est pourtant de nos jours, et en grand nombre. On les compte par milliers, et plus nombreux encore sont ceux qui participent à leurs bienfaits. Ils sont presque partout, là, sous nos yeux, dans nos villes, dans nos campagnes. Heureuse la contrée qui les possède! Malheureuse et coupable au contraire celle qui les repousse!

Chaque matin, je vois descendre du haut quartier de la ville et s'acheminer vers l'église, des nuées d'enfants, marchant en bon ordre et précédés ou suivis de deux ou trois *frères des Ecoles chrétiennes*. Ces enfants entrent modestement dans le lieu saint, qu'ils remplissent presque tout entier. Ils assistent pieusement et en silence, à genoux ou debout, à la sainte Messe. Puis, le saint Sacrifice terminé, à un signal donné par le *cher frère*, tout ce petit monde s'ébranle et se met en marche. On dirait un petit bataillon carré qui se replie en arrière et suit fidèlement la manœuvre difficile que lui ordonne son commandant. Chaque soldat de ce régiment d'écoliers, son *cartable* au dos en guise de giberne, vient s'agenouiller à son tour devant l'autel, puis, se retourne, et reprend son rang parmi ses jeunes compagnons. Enfin, après une savante évolution, ils sortent tous du temple, et toujours accompagnés par les bons frères, ils rentrent dans leurs classes, où commence pour eux une journée d'étude, de travail, de prière, mêlée de quelques jeux, sous l'œil vigilant de ces mêmes frères qui ont dévoué leur vie au soin et à l'instruction de l'enfance chrétienne.

Ces humbles disciples du vénérable La Salle (car c'est

d'eux que je parle en ce moment) me semblent être, plus que personne, les *vrais amis du peuple*. On a voulu jeter sur leur manteau le dédain, le mépris, en les appelant *ignorantins*. Mais ce mépris est retombé sur leurs étranges ennemis, et cette qualification leur est restée comme un honneur. Oui, ils sont *ignorantins*, en ce sens, que se consacrant à l'instruction de ces enfants du peuple, ils ont voulu *ignorer* ces hautes sciences qui ne leur sont point nécessaires, ces sciences qui trop souvent enflent le cœur et, faute d'être approfondies, entraînent vers l'incrédulité, selon la célèbre maxime de Bacon. Mais ces mêmes religieux n'ignorent rien de ce qu'on doit enseigner aux enfants des classes ouvrières. Ils leur enseignent par-dessus tout la religion, qui peut seule assurer leur bonheur dans ce monde et en l'autre vie; ensuite les arts et les sciences qui leur seront le plus utiles dans les diverses conditions où la Providence les placera un jour.... Mais quoi! faire l'éloge des *frères des Ecoles chrétiennes*, n'est-ce point, ce semble, un labeur superflu? Cherche-t-on à démontrer les bienfaits du soleil partout si éclatant à nos yeux? Non, sans doute; et cependant, il faut bien le dire, s'il est des aveugles qui nient les bienfaits du soleil, il est aussi des esprits prévenus qui refusent de voir ceux de la religion, personnifiée ici dans les pieux enfants du bienheureux La Salle.

« Quel bien ne font pas ces frères de la Doctrine chrétienne, dit un gracieux écrivain, et comment comprendre la prévention des hommes qui suscitent quelquefois des entraves aux nouveaux établissements qu'ils projettent? Quoi donc! dirai-je à ces hommes prévenus : avec vos savantes combinaisons administratives vous n'arrivez pas à pouvoir assurer au peuple le pain grossier qui lui est indispensable pour se sustenter, et vous voulez encore le déshériter du ciel? vous le laissez souffrir dans cette vie, et vous voulez qu'il souffre encore dans l'autre? Quelle barbarie! Vous êtes incrédules, dites-vous; mais vous êtes hommes. Vous devriez donc respecter ce que vous appelez des illusions, puisqu'elles adoucissent les souffrances du pauvre. Si un homme qui a besoin de manger s'endormait et faisait un doux rêve, iriez-vous le réveiller pour lui faire sentir de nouveau les angoisses d'une faim qu'il ne peut satisfaire!

» Le nombre des enfants que les frères de la Doctrine chrétienne ont préservés de la contagion du vice et envoyés au ciel, peut déjà se comparer aux étoiles du firmament. Que le monde continue donc tant qu'il voudra à traiter ces frères d'ignorantins : leur plus grand bonheur, c'est précisément d'ignorer les sciences qui alimentent l'orgueil, pour mieux connaître la seule science nécessaire, celle qui nous fait connaître toutes nos misères. Ne vaut-il pas mieux n'avoir sur sa table que des mets simples, mais sains, que d'y voir servir en même temps des mets recherchés et des poisons?

» Pour nous, si, grace à la miséricorde de Jésus et à la protection de Marie, nous avons le bonheur d'entrer dans les cieux, nous nous attendons à y trouver une multitude de ces bons frères de la Doctrine chrétienne. Il nous semble déjà voir leur chapeau difforme changé en un triangle d'étoiles, et leur surtout grossier en une tunique d'écarlate bordée de pierres précieuses; voir ensuite tous les enfants qu'ils auront sauvés, agiter autour d'eux leurs petites ailes d'anges, comme les petits oiseaux s'ébattent autour de leur mère.

» Ici-bas déjà ils nous ont causé souvent de bien douces émotions. Rien n'est plus touchant que de voir, par une belle journée de printemps, un de ces frères se promenant gravement dans la campagne, au milieu d'une troupe de marmots dont les cris imitent les chants aigus des pinsons, et qui répètent sans cesse : *Cher frère! cher frère!* Ce contraste de la sévérité calme et de la pétulance enfantine forme une scène véritablement belle; car le beau dans la nature et dans les œuvres de l'art n'est, ce nous semble, qu'un mélange heureux de la sévérité et de la grace, comme le beau en Dieu n'est peut-être que l'assemblage mystérieux de la miséricorde et de la justice [1]. »

[1] Rodière, *les Saints et leur Siècle.*

XIII

La meilleure philosophie.

A une époque encore très-voisine de nous, mais qui semble déjà éloignée, alors que la société, fortement ébranlée, cherchait à se rasseoir sur ses bases, des esprits graves et sérieux unissaient avec zèle leurs efforts pour atteindre ce noble but. En dehors du clergé, dont l'action sur le peuple sera toujours la plus puissante, quelques savants écrivains, animés d'une bonne intention, prirent la plume, et s'efforcèrent de combattre les doctrines impies qui menaçaient de détruire la société. *L'Académie des sciences morales et politiques* publia alors une série de *petits traités* à l'usage du peuple, sous un format commode et à bon marché. La plupart de ces *traités*, on doit le dire, contiennent d'excellentes choses, et sous quelques rapports, on n'a que des éloges à donner ici à nos savants académiciens.

Mais voici venir dans la lice M. Victor Cousin, monté sur son grand cheval de bataille, la philosophie.... M. Cousin assure qu'il faut au peuple une philosophie : « Oui, dit-il, on peut, on doit même enseigner au peuple la philosophie, si la philosophie n'est point une chimère, si elle est, comme elle le prétend, la science des grandes vérités intellectuelles et morales. »

» Toutefois entendons-nous bien, poursuit M. Cousin : il y a deux sortes de philosophie : l'une artificielle et savante, réservée à quelques-uns ; l'autre, naturelle et humaine, et qui est à l'usage de tous. » C'est celle-là, bien entendu, qui doit être enseignée au peuple. Et voilà que M. Cousin, partant de ce principe, publie un petit traité de *philosophie populaire*, où il démontre comment le peuple a besoin d'une philosophie, et quelle est celle qu'on doit lui enseigner. « Puisqu'au nom de la philosophie, dit-il très-justement, on verse sans relâche dans l'âme du peuple tous les poisons du matérialisme et de l'athéisme, n'est-ce pas le devoir d'une philosophie généreuse de disputer le peuple à ses corrupteurs, d'opposer l'apostolat du bon sens et de la vertu à celui du mensonge et du crime, et d'essayer à son tour de pénétrer dans l'atelier de l'artisan et sous le toit du pauvre pour y faire arriver des vérités salutaires et des lumières pacifiques? »

Voilà de belles paroles assurément, et jusqu'alors tout semble pour le mieux. Mais M. Cousin ne veut pas qu'on enseigne au peuple *des fadaises sentimentales, des moralités sans grandeur,..... ce style à la Berquin, qui veut être simple, et qui n'est que ridicule, alambiqué et maniéré dans le genre niais, et dont tout l'effet est de gâter et d'efféminer la vérité.* « Traitons le peuple, dit-il, comme une créature raisonnable, si nous voulons cultiver et fortifier sa raison. Respectons-le, pour lui apprendre à se respecter lui-même ; élevons-le dans sa propre estime, en ne craignant pas de lui adresser un langage simple mais vrai, clair mais sérieux..... Laissons-là toutes les langues particulières des systèmes et des écoles ; parlons la langue universelle et pure de la raison et des sentiments ; et, dans cette langue, présentons au peuple les pensées les plus mâles, les plus sérieuses, les plus grandes, car ce sont précisément celles-là dont il a besoin dans tous les temps et surtout dans le nôtre. »

M. Cousin, fortement pénétré de ces idées, cherche autour de lui parmi les écrits des philosophes, quelque *traité* dans le genre qu'il a conçu, et qu'il puisse en toute confiance présenter au peuple. Il ne trouve pas, semble-t-il, tout à fait ce qu'il désire : « *A défaut de mieux*, dit-il enfin, voici quelques pages recommandées aussi par le grand nom de leur auteur, où toutes les vérités dont l'homme a besoin sont exposées avec une rigueur parfaite, et sous la forme la plus lumineuse, la plus saisissante, la plus dramatique. »

Quelles sont donc ces pages tant vantées, et dont notre philosophe fait hommage au peuple, à la suite de son petit traité de *philosophie populaire?* Vous n'auriez garde de le deviner, lecteurs chrétiens : ce sont quelques pages extraites de l'ouvrage le plus perfide et le plus dangereux de J.-J. Rousseau.

Tel est l'ouvrage que M. Cousin présente au peuple comme un modèle de *philosophie populaire*. Etrange erreur d'un homme d'esprit, mais qu'aveugle l'absence du sens chrétien ! D'éloquentes plumes ont fait depuis longtemps justice de cette production qui a fait tant de victimes. Nous ne viendrons point à notre tour analyser cet écrit. Mais, disons-le simplement, si le peuple a besoin d'une *philosophie*, pour devenir juste, sage et raisonnable, celle qu'on lui présente ici n'est-elle pas parfaitement impuissante pour atteindre ce but? Et d'abord il nous semble bien difficile que le peuple, si grandi qu'il soit par M. Cousin, comprenne les premières pages de cet écrit. Qu'y trouve-t-il ensuite? Quelques beaux passages sur la conscience, sur Dieu, l'Etre souverainement bon, le Créateur des hommes; sur la justice, la vertu, l'âme, la moralité des actions. Voilà tout. Mais est-ce suffisant pour m'enseigner à vivre?...... Philosophe, vous criera le peuple, je veux bien écouter ma conscience, et pratiquer la vertu dont vous parlez si éloquemment; mais quelle sera donc ma récompense? quelle sera sa durée dans cette vie de l'âme que vous me faites entrevoir? L'âme est-elle immortelle par sa nature? Vous l'ignorez, dites-vous... Mais il m'importe à moi de le savoir; c'est là tout le secret de mon existence, parce qu'il me découvre le but essentiel et unique que je dois atteindre.

Philosophe, j'admire votre science, mais je déplore le mauvais génie qui vous a si mal inspiré. Pourquoi tant d'hésitations, tant de doutes, là où la certitude, l'affirmation sont de toute nécessité? « J'ai fait ce que j'ai pu pour atteindre la vérité, direz-vous peut-être, mais sa source est trop élevée : quand les forces me manquent pour aller plus loin, de quoi puis-je être coupable? C'est à elle à s'approcher. »

Oui, *c'est à elle à s'approcher*. Vous avez bien dit. Et voilà pourquoi, il y a dix-huit siècles, la Vérité éternelle s'est incarnée, et s'est *approchée* de nous, pour enseigner elle-même à l'homme tout ce qu'il doit savoir. Vous niez le *Verbe*, cette vraie *lumière qui éclaire tout homme qui vient dans ce monde*[1]...

Ah! je connais une meilleure philosophie à l'usage du peuple. Je sais un livre qui lui apprendra mieux que tous les récits de vos prétendus sages, à s'élever, à s'épurer, à devenir bon, juste et vertueux. Quel est ce livre? Permettez-moi de vous l'apprendre, en vous redisant une anecdote qu'un témoin oculaire m'a racontée.

Vers cette même époque où de savants académiciens s'efforçaient de propager parmi le peuple les *petits traités* dont j'ai parlé plus haut, un maître maçon-couvreur, homme de sens et bon chrétien, essayait aussi de le moraliser; mais il s'y prit d'une toute autre manière. Il commença par les nombreux ouvriers ou apprentis qu'il avait sous ses ordres. Un jour donc, il les rassemble tous et leur parle à peu près en ces termes: « Mes amis, nous sommes dans un siècle de lumière et de progrès. Il est bon qu'aujourd'hui le peuple lui-même soit très-instruit... Il faut qu'il étudie les lettres, qu'il soit rhétoricien, orateur, *philosophe* même. Dès demain donc, dimanche, si vous le voulez bien, nous commencerons un cours de philosophie, et chaque dimanche soir, je vous le continuerai. A demain donc, mes bons amis, n'y manquez pas, soyez tous bien exacts au rendez-vous. »

Flattés de l'espoir de devenir de savants philosophes tous les ouvriers s'empressèrent de venir le lendemain au rendez-vous assigné. Le maître couvreur commença sa leçon qui parut à tous fort intéressante et fort belle. Il leur parla de Dieu, *pur esprit*, *éternel*, *infiniment parfait*, *créateur du ciel et de la terre et souverain seigneur de*

[1] S. Jean. I.

toutes choses; il leur dit quelques mots des mystères, qu'il leur montra comme des *vérités révélées de Dieu, qu'il est très-raisonnable de croire, bien que nous ne puissions pas les comprendre, puisque c'est Dieu, la vérité même, qu nous les a révélées.* Dans les leçons suivantes, le sage professeur parla à son auditoire attentif de l'homme, *créature raisonnable, composée d'une âme et d'un corps.* Il leur présenta l'âme comme un *esprit créé à l'image de Dieu pour être unie à un corps qui ne mourra jamais.* « Notre âme, dit-il, est créée à l'image de Dieu, en ce qu'elle est capable de connaître, d'aimer et d'agir librement. Dieu nous a créés *pour le connaître, l'aimer, le servir, et par ce moyen obtenir la vie éternelle....* »

Tous ces braves gens étaient de plus en plus ravis, en écoutant une philosophie si élevée, si noble et si consolante. Le professeur parla plus tard des moyens et des secours que Dieu avait accordés à l'homme pour obtenir cette *vie éternelle.* Il leur montra Dieu lui-même descendant des hauteurs du ciel, se faisant homme, et habitant quelque temps parmi nous, afin de nous enseigner une doctrine qui doit nous rendre bons, vertueux ici-bas, et heureux éternellement dans une autre vie. Il fit voir ce même Dieu mourant volontairement sur une croix afin de racheter les hommes coupables et de leur montrer l'immensité de son amour. Enfin il leur expliqua clairement et leur fit toucher au doigt la grandeur, la beauté, la solennité de cette doctrine révélée de Dieu à l'homme. Il leur montra qu'elle faisait le bonheur de la société et de tous les individus, et qu'il fallait être bien peu raisonnable et bien peu *philosophe* pour ne pas s'y attacher fortement et de tout son cœur.

En terminant ses leçons, le maître couvreur parla ainsi à ses ouvriers : « Mes bons amis, vous voilà maintenant, je l'espère, d'excellents *philosophes*. Mais dans ce *cours de philosophie*, qui vous a, ce me semble, tant intéressés, je n'ai fait que vous développer et vous expliquer à ma manière, un petit livre, bien connu de vous autrefois sans doute, mais que la plupart d'entre vous malheureusemnt ont depuis longtemps oublié. Permettez-moi de le remettre aujourd'hui entre vos mains, et promettez-moi, mes amis, de le relire quelquefois. Vous y trouverez, soyez en bien sûrs, beaucoup mieux que dans tout autre traité de philosophie, tout ce que vous devez savoir afin d'être vertueux, heureux dans ce monde, et d'acquérir dans l'autre vie une félicité bien plus grande qui ne finira jamais. »

Tous les ouvriers promirent à leur maître de ne point oublier ses sages leçons. Le digne professeur parcourut alors leurs rangs et distribua à chacun de ces braves gens, devinez quoi..... Un *Catéchisme du diocèse de Paris*...

XIV

A propos d'une discussion.

Novembre 1853.

Heureux l'homme né dans le bercail de l'Eglise !... Cette pensée s'est offerte à mon esprit ce matin à mon réveil, au souvenir d'une discussion religieuse, élevée hier soir dans une réunion de famille. Il s'agissait de la maxime tant méconnue, si mal comprise : *Hors de l'Eglise point de salut.* On a parlé surtout des protestants. Chacun de nous reconnaissait, comme tout catholique instruit, que, parmi les disciples de Luther ou de Calvin, tous ceux qui étaient réellement de bonne foi et parfaitement sincères dans leur croyance n'étaient point regardés comme *hors de l'Eglise* et qu'ils pouvaient dès lors espérer leur salut. Jusqu'alors tout allait bien. Mais quelques-uns des discoureurs ayant ajouté ensuite, qu'à leur avis *tous les protestants étaient de bonne foi*, qu'ainsi tous peuvent être sauvés s'ils sont d'honnêtes gens et vertueux, cette opinion m'a paru singulièrement large et erronée. La conséquence naturelle serait dans celle-ci : Tout bon protestant, aussi bien que tout bon catholique, pouvant gagner le ciel, quel grand malheur y a-t-il donc à naître au sein de l'hérésie ? Somme toute, je dois peut-être bénir le Ciel qui m'a fait naître de parents protestants... Mon lot est le meilleur, ma religion est facile, commode, nullement surchargée de pratiques gênantes. Avec bien moins de travail j'aurai un jour le même salaire !

J'ai essayé de soutenir les droits de la vérité, en combattant ce raisonnement si peu logique, si peu chrétien. Mais, entraîné par le feu de la discussion, j'ai été trop loin peut-être ; je n'ai point dit ce que j'aurais dû dire. Il est un sentiment, juste au fond, mais trop rude dans sa forme, dont n'est pas toujours maîtresse une âme vive, ardente, quand elle veut défendre ce qu'elle croit la vérité. Je n'ai point maîtrisé ce sentiment, je le reconnais, et peut-être, loin de les convaincre, ai-je aigri au contraire les esprits et les cœurs. Plus calme en ce moment, je reviens sur ce sujet, pour consigner ici quelques simples et courtes réflexions sur le protestantisme, propres, ce me semble, à éclairer la question. Un philosophe très-bon logicien avouait n'être jamais vainqueur dans les luttes orales ; mais en parlant de ses adversaires, il disait : *Je les bats et les confonds tous, dès qu'ils sont au bas de l'escalier.....* Mes adversaires, si j'en ai ici, ce sont quelques jeunes amis, au cœur bon, généreux, mais à l'esprit égaré par des opinions peu réfléchies et beaucoup trop élastiques. Je désire sincèrement les éclairer. Puissent donc ces quelques lignes, si elles tombent sous leurs yeux, réaliser mon attente et mes souhaits fraternels !

Et d'abord, qu'est-ce que le protestantisme ? Il me semble qu'on pourrait le définir : *un système de philosophie inconséquent et commode.* Ce n'est point en effet une religion. On n'y voit ni autels, ni sacrifices, ni victimes, ni prêtres. Son culte, s'il en a un, se borne à quelques cérémonies, et ses temples eux-mêmes, vides d'images et de symboles, sont moins une enceinte sacrée qu'une salle de profession de morale. Je dis *système inconséquent.* Je comprends en effet un *système de philosophie* qui oblige à une croyance et qui compte des disciples attachés à une doctrine fixe et précise. Je comprends des *platoniciens*, des *aristotéliens*, des *épicuriens* ; mais je ne comprends pas une philosophie dont aucun adepte ne peut dire, à moins de grande inconséquence : *Le maître l'a dit, croyons cela.* S'il parlait ainsi, où serait le libre examen ? Il y a donc ici autant de philosophies qu'il y a d'individus. Je dis système *commode;* très-commode en effet. On a retranché tout ce qui gênait l'orgueil et les sens : la confession, le célibat des clercs, le jeûne, l'abstinence, l'obligation des bonnes œuvres, etc. C'est ce qui faisait dire à une dame d'esprit qu'un ministre protestant cherchait à convertir : « Vous avez tout ôté dans la religion : la messe, la confession, les indulgences, presque tous les sacrements, le purgatoire ; ôtez encore l'enfer, et je serai des vôtres. »

Le protestantisme a été exploré très-à-fond de nos jours. De savants et remarquables travaux ont été publiés sur ce sujet important. Grace aux études consciencieuses et profondes des Balmès, des Audin, des Nicolas et de quelques autres estimables écrivains, un grand jour s'est fait, dans ces dernières années, sur l'histoire de cette hérésie protestante, qu'on avait pris soin de cacher ou de défigurer à nos regards [1]. On connaît aujourd'hui, bien mieux qu'autrefois, la valeur historique et morale du protestantisme. On sait que l'orgueil, l'incontinence et l'avidité ou l'avarice, c'est-à-dire, pour parler le langage du catéchisme, les trois premiers *péchés capitaux*, furent les grandes sources des funestes hérésies du XVIe siècle. Pourquoi s'étonner dès lors qu'à son apparition il ait conquis tant d'adeptes parmi des hommes naturellement *orgueilleux*, *intempérants* et *avides* ? L'espace nous manque pour résumer ces vérités, et rappeler quelques fragments des beaux écrits dont nous venons de parler. Bornons-nous à citer le morceau suivant de Châteaubriand.

« .... Le christianisme commença chez les hommes par les classes plébéiennes, pauvres et ignorantes. Jésus-Christ appela les petits, et ils allèrent à leur maître. La foi monta peu à peu dans les hauts rangs, et s'assit enfin sur le trône impérial. Le christianisme était alors catholique ou universel ; la religion dite catholique partit d'en bas pour arriver aux sommités sociales : nous avons vu que la papauté n'était que le tribunal des peuples, lorsque l'âge politique du christianisme fut arrivé.

» Le protestantisme suivit une route opposée ; il s'introduisit par la tête du corps politique, par les princes et

[1] Voyez l'abbé Balmès, *le Protestantisme comparé au Catholicisme dans ses rapports avec la civilisation européenne*. 3 vol. — Audin, *Histoires de Luther, de Calvin, de Henri VIII, etc.* — Aug. Nicolas, *Du Protestantisme dans ses rapports avec le Socialisme*. Voir surtout, dans ce bel ouvrage, le dernier livre, où l'auteur, comparant le protestantisme au catholicisme dans ses rapports avec la civilisation, l'envisage au triple point de vue *de la tolérance, du progrès, des lumières et des mœurs*.

les nobles, par les prêtres et les magistrats, par les savants et les gens de lettres, et il descendit lentement dans les conditions inférieures. Les deux empreintes de ces deux origines sont restées distinctes dans les deux communions.

» La communion réformée n'a jamais été aussi populaire que le culte catholique ; de race princière et patricienne, elle ne sympathise pas avec la foule. Equitable et moral, le protestantisme est exact dans ses devoirs ; mais sa bonté tient plus de la raison que de la tendresse. Il vêtit celui qui est nu, mais il ne le réchauffe pas dans son sein ; il ouvre des asiles à la misère, mais il ne rit pas et ne pleure pas avec elle dans les réduits les plus abjects ; il soulage l'infortune, mais il n'y compatit point. Le moine et le curé sont les compagnons du pauvre : pauvres comme lui ils ont pour leurs compagnons les entrailles de Jésus-Christ. Les haillons, la paille, les plaies, les cachots, ne leur inspirent ni dégoûts ni répugnance ; la charité en a parfumé l'indigence et le malheur. Le prêtre catholique est le successeur des douze hommes du peuple qui prêchèrent Jésus-Christ ressuscité. Il bénit le corps du mendiant expiré comme la dépouille sacrée d'un être aimé de Dieu et ressuscité à l'éternelle vie. Le pasteur protestant abandonne le nécessiteux sur son lit de mort ; pour lui, les tombeaux ne sont point une religion, car il ne croit pas à ces lieux expiatoires où les prières d'un ami vont délivrer une âme souffrante dans ce monde ; il ne se précipite pas au milieu du feu, de la peste ; il garde pour sa famille particulière des soins affectueux que le prêtre de Rome prodigue à la grande famille humaine.

» Sous le rapport religieux, la réformation conduit insensiblement à l'indifférence ou à l'absence complète de foi : la raison en est que l'indépendance de l'esprit aboutit à deux choses, le doute ou l'incrédulité [1]. »

M. de Chateaubriand, dans ce beau morceau de ses *Etudes historiques*, fait au *protestantisme* l'honneur de l'appeler *équitable et moral*. Ne semblerait-il pas plus juste de donner ces épithètes à un certain nombre de *protestants?* Grace en effet au sens moral chrétien, introduit et maintenu dans le monde par le catholicisme, les protestants valent beaucoup mieux que leur religion. On vante leur *moralité*, c'est ce qu'on ne manquait pas de faire dans la discussion qui a donné lieu à ce chapitre; mais on devrait se garder de faire honneur de cette moralité au protestantisme même. Nous renvoyons pour ce sujet au remarquable paragraphe où M. Nicolas examine la doctrine de Luther et de Calvin *au point de vue des mœurs* [2]. On nous permettra d'en extraire quelques passages où il traduit d'étranges paroles de ces prétendus réformateurs, et que nos lecteurs, qui auront peine à croire à tant d'impudence, nous pardonneront de mettre sous leurs yeux.

— « .... Sois pécheur et pèche fortement, dit Luther; mais plus fortement aie foi et joie dans Christ, qui est vainqueur du péché, de la mort et du monde. Il faut pécher pendant que nous y sommes... Il suffit que nous reconnaissions par la richesse de Dieu l'Agneau qui porte les péchés du monde. Par lui, le péché ne pourra nous perdre, quand bien même mille et mille fois par jour

[1] *Etudes historiques. — Anal. de l'Hist. de France.*

[2] *Du Protestantisme dans ses rapports avec le socialisme*, liv. III.

nous nous livrerions à la fornication et à l'homicide... »

« Heureusement, remarque ici M. Nicolas, que le cœur de l'homme vaut mieux que son esprit.... Mais en attendant que cette affreuse doctrine trouvât les cœurs assez dégénérés pour se traduire en application sociale, il faut reconnaître qu'elles les y prédisposait, ne serait-ce qu'en dispensant des bonnes œuvres, ou même simplement en ne les prescrivant pas.

» Cette horrible folie, poursuit le même écrivain, n'est pas propre à Luther. Zwingle et Calvin la partagent et, s'il est possible, la renforcent. D'après Luther, Dieu tolère et permet le crime ; d'après Calvin, il le *nécessite* et se l'*approprie ;* il nous y excite, il nous enlève le capacité de l'éviter, et le commet lui-même en nous et par nous. « Satan lui-même, dit Calvin, quand il nous pousse intérieurement au mal, n'est autre que le *ministre de Dieu*, puisque sans l'empire que Dieu lui donne, il ne le ferait pas. » (*Comment. sur l'Ep. aux Rom*, ch. 9 v. 18.) — D'où Théodore de Bèze, le plus renommé des disciples de Calvin, tire ce fondement de la doctrine réformée: Que Dieu fait toutes choses selon son conseil défini, voir même celles qui sont *méchantes et exécrables*. (*Explicat. de la foi.*)

» Enfin Luther et Calvin eux-mêmes, dit M. Nicolas, reculèrent devant la réforme et la maudirent dans son berceau. De Wurtemberg, sa ville chérie, la Jérusalem du pur évangile, Luther fit entendre un jour ces paroles : « Depuis la prédication de notre doctrine, le monde » devient de jour en jour plus mauvais, plus impie, plus » déhonté. Les diables se précipitent sur les hommes, qui, » à la pure clarté de l'Evangile, sont plus avides, plus impu-

» diques, plus détestables qu'ils n'étaient jadis sous la » papauté. Paysans, bourgeois et nobles, gens de tous états, » du plus grand au plus petit, tout n'est partout qu'avarice, » intempérance, crapule, impudicité, débordements hon» teux, sophisme abominable. » (Sermon. 1553.) « Sor» tons de cette Sodome, » écrivait-il un jour à sa femme.

» Les mêmes paroles, les mêmes aveux s'échappent de la plume et de la bouche de Calvin : « Parmi cent évangéli» ques, écrivait-il, il s'en trouverait à *peine un seul* qui se » soit fait évangélique pour un autre motif que pour pouvoir » s'abandonner avec plus de liberté à toute sorte de voluptés » et d'incontinences[1]. »

Revenant maintenant au point spécial de notre discussion, je demande s'il est permis et bien séant de *bénir le ciel* quand il nous a fait naître dans une telle religion ? N'est-ce pas, bien au contraire, un funeste malheur ? Quant à la facilité d'y sauver son âme par bien moins de travail, c'est encore une grave erreur. Pour le protestant, même de bonne foi, le salut est beaucoup plus difficile que pour les fidèles de la vraie croyance. De combien de secours, de combien de graces n'est-il pas privé journellement, et auxquels participe à chaque heure le catholique, en communion avec l'Eglise, qui en est la dépositaire et l'inépuisable trésor ? Je me figure ici deux hommes qui, tous deux exilés, cherchent à regagner leur patrie, dont ils ont perdu la trace. Ils errent péniblement, lorsqu'un ange bienfaiteur leur apparait et leur parle ainsi : « J'ai pitié de vous : Dieu, mon maître,

[1] A. Nicolas, *Du Protestantisme dans ses rapports*, etc. liv. III. On trouvera dans cet ouvrage le texte et l'indication des sources de ces diverses ictations, qu'à leur étrangeté même, on serait tenté de croire falsifiées.

m'a envoyé du ciel pour guider dans leur patrie, qui est aussi la vôtre, une troupe nombreuse d'autres exilés. Si vous voulez vous joindre à nous, nous ferons route ensemble. Je connais tous les chemins, tous les dangers. Ne craignez rien; Dieu, qui est tout puissant et tout bon, m'a promis son assistance. Nous avons des armes pour nous défendre, des gîtes tout préparés, et des provisions assurées pour tout le voyage. Si vous venez avec nous, vous n'aurez point à chercher péniblement votre route; je l'aplanirai sous vos pas. Vous participerez à tous les bienfaits, à tous les avantages de la caravane. Il y a seulement une règle, quelques lois à suivre, nécessaires au maintien du bon ordre de la communauté. Mais ces lois, qui vous ôteront peut-être un peu de liberté, sont néanmoins douces, faciles et peu gênantes. Voyez maintenant : Voulez-vous vous y soumettre et marcher en sureté dans notre compagnie? ou bien préférez-vous marcher seul, plus librement sans doute, mais privé de secours, exposé à chaque instant à errer à l'aventure, à vous égarer et à périr? »

A ce langage d'un ange bienfaisant, quel pauvre exilé n'irait vite à lui, comme à un ami, à un frère, et ne s'empresserait de s'attacher à ses pas, croyant être sage en rendant ainsi son voyage plus facile et plus sûr? Mais cet ange n'est autre que notre mère la sainte Eglise, qui nous tient chaque jour le même langage. Celui qui ne l'écoute pas, est lui-même ce malheureux pèlerin égaré dans sa voie, qui *proteste* contre les lois que cette mère lui impose pour son plus grand bien; qui veut marcher seul, plus fier, plus libre, au risque de s'aventurer à chaque pas, de se perdre et de périr sans retour.

Loin de nous, certes, la pensée de rétrécir les voies de la miséricorde de Dieu! On a vu qu'ailleurs nous nous sommes réjouis, avec un illustre prélat, à la douce pensée qu'une sincère bonne foi pouvait exister dans des cœurs protestants. Mais, lorsqu'on voit les caractères éclatants de vérité que Dieu a imprimés à la religion catholique, caractères dont l'ensemble répand dans les cœurs droits une lumière presque aussi resplendissante que celle du soleil, peut-on croire réellement, comme le disaient nos amis dans la discussion d'hier, que cette bonne foi soit si commune parmi les protestants? Oh! non, malheureusement. Leur bonne foi, si elle l'est en réalité, n'est pas le plus souvent invincible, surtout pour ceux d'entre eux qui peuvent et doivent étudier les preuves de la religion. Et combien qui reculent devant cette étude obligatoire, dans la crainte d'y découvrir une vérité qu'ils n'auraient point la force de proclamer hautement! Combien qui l'entrevoient, cette vérité, qui la soupçonnent, mais qui hésitent, ferment les yeux, aveuglés par des intérêts de position, de famille, ou retenus par des liens qu'ils n'ont pas le courage de rompre. Peut-on dire que tous ces hommes sont dans une *bonne foi invincible?* Il en est sans doute dont le cœur est sincère et qui cherchent la vérité sérieusement et de bonne foi. Mais ceux-là, Dieu seul les connaît; il les touche et leur donne la force de secouer les chaînes de l'erreur. C'est le consolant spectacle qu'ont offert dans ces derniers temps, qu'offrent encore tant de conversions éclatantes, en Angleterre, en France, en Allemagne.... Laissons donc à Dieu le soin de juger la bonne foi des hommes.... Aimons nos frères égarés, prions pour eux, et rappelons-nous cette maxime de l'Evangile, que nous admirions ailleurs: *Ne jugez point, et vous ne serez point jugés.*

Nous, catholiques, nés, élevés, nourris au sein de la vraie foi, qui resplendit à nos yeux de ses lumineux rayons, nous comprenons avec peine qu'un homme de sens, qu'un homme quelque peu instruit et raisonnable puisse demeurer longtemps protestant. Mais n'oublions jamais que le malheur de la naissance, les préjugés d'enfance, d'éducation, d'habitudes, de sociétés, sont comme une seconde nature, et partant, comme autant de lourdes pierres qui oppriment notre cœur et arrêtent son essor.... Qui viendra le dégager de ce poids accablant, et lui rendra sa liberté pour s'envoler dans les belles régions de la vérité vers laquelle il soupire? Un miracle de la grace divine. Demandons à Dieu qu'il le multiplie, ce miracle, pour la gloire de son nom et le bonheur de nos pauvres frères éloignés du bercail.

Et maintenant, en terminant ce chapitre, n'ai-je pas le droit de m'écrier encore: *Heureux l'homme né dans le bercail de l'Eglise*!... Plus heureux, ajouterai-je, celui qui, comprenant toute la valeur de cet inappréciable bienfait, reste l'enfant soumis de cette charitable mère et fait monter chaque jour vers son Père céleste un hymne de reconnaissance et d'amour!

XV

Voyage à l'abbaye de Sénanque.

Parmi quelques vieilles abbayes qui refleurissent aujourd'hui sur notre sol, et qui sont habitées par des moines *cultivateurs*, on doit compter désormais la belle abbaye de Sénanque, dans l'ancien comtat d'Avignon.

Confiné au fond d'une étroite vallée, dans un pays singulièrement agreste, à l'une des extrémités de la France, ce monastère pauvre, à peine renaissant, voit peu de visiteurs. Il est peu connu encore ; de temps à autre seulement, quelques amis des beaux souvenirs du passé pénètrent jusqu'à lui. Son histoire, qu'on vient de publier, est pourtant belle et touchante, comme celles de tous ces pieux asiles qu'avait semés partout sur son passage la main de saint Bernard. Hélas! partout ils n'offrent plus guère que des débris, lorsqu'ils n'ont pas entièrement disparu du sol. « C'était un spectacle douloureux pour ses rares visiteurs, dit le nouvel historien, que de contempler du haut des montagnes qui enserrent la vallée de Sénanque, ce clocher silencieux et découronné de la croix, ce cloître désert, ces toitures disjointes par le lierre, et ces terres retournant en friche parce que les mains puissantes des moines ne les cultivaient plus. Grâce à Dieu, ce triste état de choses est fini. Sénanque renaît moins brillante, mais aussi belle que jadis ; il a suffi de souffler sur la poussière qui l'enveloppait, pour lui restituer son premier éclat. Déjà la cloche a dissipé les silences de la vallée, la robe des religieux se distingue parmi les bruyères des côteaux voisins, et à l'hôte qui se présente à la porte du monastère un frère vient donner le salut de paix. L'abbaye a repris toute sa physionomie cistercienne ; on est en plein XIIe siècle ; des Bernardins l'habitent comme ils l'habitèrent autrefois. Sénanque est une relique du moyen-âge, conservée par miracle à la vénération du nôtre, et d'autant plus précieuse qu'elle se présente dans tout son intégrité, tandis que même les ruines de la plupart des autres abbayes ne seront bientôt plus reconnaissables sur notre sol [1]. »

Sénanque, oubliée dans sa solitude, avait donc vu les difficultés de son accès et la piété de son dernier possesseur protéger sa vieillesse contre d'ignobles spéculations ; mais elle demeurait sans défense contre les injures du temps, lorsqu'en 1854, Mgr de Belay, archevêque d'Avignon, ayant fait l'acquisition de ses vieux bâtiments, y transplanta les frères cultivateurs, établis depuis quelques années dans une ancienne commanderie de Malte, appelée *Notre-Dame de la Cavalerie*.

[1] L'abbé Moyne : *l'Abbaye de Sénanque; notice historique et archéologique*. 1 vol in-12. (1857.) — Se vend au profit de l'abbaye, chez Aubanel, à Avignon.

Ces nouveaux religieux, en entrant à Sénanque, ont adopté l'habit cistercien. Seulement, un scapulaire bleu au lieu d'un noir distingue la nouvelle famille entre toutes celles que Citeaux a formées, en même temps qu'il rappelle sa consécration spéciale à la protectrice de tout l'ordre, sous le nom de *Congrégation de Bernardins de l'Immaculée Conception*. Leur institut, moins austère que celui des Trappistes, a presque la même forme; comme lui, il a pour but la sanctification des âmes dans la solitude et le travail des mains. Les Bernardins de Sénanque suivent la règle primitive de saint Benoît, avec quelques adoucissements, devenus nécessaires de nos jours. En se plaçant sous le patronage du grand saint Bernard, leur père et le premier fondateur du couvent, ils proclament bien haut que si en quelques points ils modifient la lettre des premiers cisterciens, ils prétendent demeurer fidèles à l'esprit essentiel de l'institut.

— Durant l'automne dernier, j'ai visité avec un pieux et vif intérêt cette vieille abbaye, relevée de ses ruines. Puisse le simple récit de ce voyage faire connaître à quelques-uns ce nouvel asile de la prière, d'utiles labeurs, et attirer sur lui quelques sympathiques regards!

C'était un samedi, l'une de ces journées de septembre si douces, si sereines dans nos contrées méridionales. Parti d'Avignon vers le milieu du jour, dans la diligence d'Apt, je traverse ces fertiles plaines du Comtat, qu'habite un peuple industrieux et dans l'aisance. Voici bientôt, près de la vieille route d'Avignon à Marseille, aujourd'hui délaissée, les imposantes ruines de l'ancienne chartreuse de *Bonpas*, et sur la route même, ce beau port de la Durance qui s'élève majestueusement sur le large lit du poëtique fleuve. La jolie ville de Cavaillon, avec sa petite chapelle de Saint-Jacques sur le côteau voisin, et son calvaire à ses portes, s'offre ensuite à nos regards. En traversant cette petite cité, jadis épiscopale, je donne un pieux souvenir à l'un de ses plus illustres enfants, à César de Bus, officier, poëte, courtisan, mais après tout cela prêtre, et fondateur, vers la fin du XVIe siècle, de cette vénérable *Congrégation de la Doctrine chrétienne*, à qui tant de milliers d'enfants et de gens de la campagne ont dû leur instruction et leur salut. Moins de deux heures après, à travers les contours d'une longue et pittoresque chaussée, nous arrivions à *Notre-Dame des Lumières*.

Notre-Dame des Lumières est l'un de ces pèlerinages de la sainte Vierge, si nombreux aujourd'hui encore sur notre terre de France, appelée justement le *royaume de Marie*. Celui-ci jouit d'une grande célébrité dans tout le Comtat-Venaissin et dans bien d'autres contrées. Il y avait ce jour-là immense affluence de pèlerins. Les uns priaient dans la belle église consacrée sous l'invocation de la *bienheureuse Mère de l'éternelle lumière*, ÆTERNI LUMINIS BEATÆ MATRI. Les autres, stationnant devant les petites boutiques symétriquement rangées le long de la cour qui la précède, entre ses gros platanes, s'approvisionnaient de divers objets de piété, précieux souvenirs de leur pieux voyage..... Laissons là les pèlerins, et ces pompeux offices du soir, ces cantiques soutenus par l'orgue bruyant, et répétés par tous; cette prédication familière et chaleureuse en patois provençal, et cette longue procession aux flambeaux, traversant, au chant des litanies, mêlé au léger bruit de fontaines et cascades, le vaste et gracieux jardin qui entoure l'église... Laissons enfin les pèlerins prolonger l'aimable fête toute la nuit et le lendemain encore. Pour moi, après avoir ouï la sainte messe, j'avais repris pédestrement ma route, et en deux heures d'une marche rapide, après avoir traversé la petite et singulière ville de Gordes, sorte de nid d'aigle jeté sur la crête des montagnes, j'avais gagné le pittoresque vallon au fond duquel apparaît l'abbaye de Sénanque.

Sénanque, avons-nous dit, est un ancien monastère de l'ordre de Citeaux. Suivant la tradition, saint Bernard le fonda lui-même, lors de ses voyages et de son apostolat dans la Provence et le Languedoc. Son fondateur plus immédiat fut Alphant, évêque de Cavaillon (vers l'an 1018). Après avoir fleuri durant six siècles et demi, Sénanque avait subi le sort commun des abbayes de France; mais plus heureuse que la plupart de ses sœurs, elle est aujourd'hui relevée de ses ruines, et reprend le cours interrompu de ses pieuses destinées.

Je fus reçu par le R. P. prieur, le frère Léonard, avec cette bonté, cette aménité gracieuse dont il est impossible de ne pas garder toujours un précieux souvenir. Avec lui j'ai visité dans tous ces détails un édifice regardé à juste titre comme le plus beau monument d'architecture romane du diocèse d'Avignon, déjà si riche en édifices de ce genre. Sa vaste église, sa belle salle capitulaire, son délicieux cloître, comparable à ceux de Saint-Trophime d'Arles et de Saint-Sauveur d'Aix, ont tour à tour attiré mes regards. Mais, hélas! que de pauvreté, que de nudité encore dans tout ce qu'on voit, dans tout ce qu'on admire! Si l'œil est charmé, il s'attriste en même temps à la vue de cet état misérable et de tout ce qui reste encore à faire pour compléter la restauration de Sénanque. L'église elle-même, avec son faible jour, son dénument, et les ouvertures de sa voûte, par où découle la pluie sur ses dalles froides et humides, ressemble moins à une belle basilique qu'à un lugubre et vaste souterrain peuplé de tombeaux.... Mais les Bernardins, quoique pauvres, sont pleins d'espoir. Ils comptent *beaucoup* sur la Providence, et *un peu* aussi sur le charitable appui de leurs amis; l'une et l'autre ne leur feront point défaut, et dans peu d'années sans doute, tout aura changé de face dans leur cloître restauré.

Il y a aujourd'hui à Sénanque vingt-huit religieux, dont trois prêtres seulement et huit frères de chœur. Les autres sont des frères convers. Le logement ménagé à chacun de ces nouveaux hôtes est d'une étrange simplicité. Figurez-vous, à l'étage supérieur, une vaste salle voûtée, qui servait naguère de grenier à foin, et dans laquelle, à l'aide de cloisons de planches, on a formé trente cellules uniformes, sans toiture, de quelques pieds carrés. C'est là que chaque bernardin vient passer sur une couche de crin les quelques heures de sommeil accordées par la règle de saint Benoît. Le religieux cistercien est comme le soldat; il lui faut peu de place; sa petite cellule, c'est son bivouac à lui, sa tente de campement. A quoi lui servirait une plus large demeure? sa journée s'écoule tout entière au-dehors, partagée entre le travail aux champs ou dans le cloître, et la prière dans l'église.... Autour du couvent s'étendent quarante hectares de terres ou de bois dont il est redevenu possesseur. Il y a là encore bien des terrains en friche; mais les nouveaux religieux, fidèles aux traditions de leur ordre, sauront bien les rendre propres à la culture... Qu'on repasse à Sénanque dans quelques années : à l'intérieur du cloître aussi bien qu'au dehors, tout aura pris un nouvel aspect : les landes, les bruyères seront transformées en champs productifs, et l'aride désert sera couvert de riches moissons.

« Ainsi, dirons-nous avec son historien, nous avons vu l'antique abbaye de Sénanque renouer la chaîne de ses traditions : la mortification, le silence, la pauvreté y sont rentrés avec les nouveaux bernardins. Comme les trappistes, leurs aînés et leurs modèles, ils tiendront leur place dans cette organisation du travail que la pénitence a conçue, que l'Eglise bénit, que le monde lui-même est forcé d'admirer. Au milieu de ce désordre des passions qui, en cherchant à fonder, ne réussissent qu'à détruire, il est doux d'arrêter ses regards sur une vallée de Citeaux. Là, point de fronts ridés par les spéculations du lucre et les veilles de l'ambition; point de cœurs desséchés par l'égoïsme, point d'existences consumées avant l'heure par l'abus de la vie; mais le calme de l'innocence ou la paix reconquise du repentir, le travail réhabilité non par des systêmes, mais par l'acceptation volontaire et par la certitude qu'un sol arrosé des larmes de la pénitence fructifie au centuple pour l'éternité. Les couvents cisterciens ramènent l'attention des hommes de notre époque emportés par l'industrialisme et le commerce dans une voie pleine de périls, sur l'agriculture qui sera toujours la seule véritable richesse des nations, en même temps que la forme du travail dans ces maisons austères présente aux sages du siècle la solution pacifique du problème qu'ils ont inutilement poursuivi dans leurs rêves [1]. »

Mais pour accomplir leur œuvre, les Bernardins de Sénanque, répétons-le, ont besoin du charitable concours des gens de bien, des vrais amis des institutions monastiques. Non, ce concours ne leur manquera point, ainsi que l'arrivée de nouveaux compagnons. « De jeunes novices, me disait le père prieur, viennent souvent frapper à notre porte. » Sénanque ressuscitée semble donc destinée à ne plus mourir. C'est un nouvel asile de recueillement et de paix, ouvert à ces hommes, plus nombreux aujourd'hui qu'on ne le pense, qui, se sentant appelés à la vie cistercienne, reculent cependant devant les austérités de la trappe... Oui, ce genre de vie convient à plusieurs. Nous avons rencontré à Sénanque un vénérable prêtre, qui, à son retour d'un voyage en Orient et dans la terre sainte, était venu passer quelques jours dans ce vallon, afin d'y recueillir en paix ses souvenirs, avant d'aller reprendre la charge d'un petit troupeau dans un diocèse éloigné. Mais retenu par la beauté, le calme, la douceur de ce séjour, il y avait déjà passé plus d'un mois, et même il songeait, m'a-t-on dit, à s'écrier bientôt, lui aussi, avec le Roi-prophète : « Ah! c'est ici le lieu de mon repos pour toujours; c'est ici que j'habiterai, parce que j'ai choisi cette demeure [2]. »

A tous leurs bienfaiteurs, les Bernardins reconnaissants promettent leurs prières et une part dans les mérites de leurs bonnes œuvres, de leurs pénitences et de leurs privations. A ce don déjà si précieux, ils joignent un autre bienfait. Les frères de chœur de Sénanque, outre l'office

[1] L'abbé Moyne, *l'Abbaye de Sénanque*. [2] Ps. CXXXI.

canonial et celui de la sainte Vierge, récitent l'office des morts, et, fidèles à une touchante tradition de Cîteaux, ils prient chaque jour pour les âmes délaissées de l'Eglise souffrante. Ah! n'est-il pas doux et consolant de penser que lorsque presque partout on oublie si vite, dès qu'ils ont disparu du monde, ceux qu'on a le plus connus, le plus aimés, ici du moins, du fond de cette vallée solitaire, s'élèvent chaque jour pour ces morts délaissés de ferventes prières vers les voûtes du ciel? Et qui de nous peut se flatter de n'avoir pas besoin un jour de l'appui des prières de ces pauvres Bernardins! Nous serons oubliés à notre tour.... Ne serait-il pas sage de nous faire dès à présent pour l'avenir des amis puissants, suivant le conseil de l'Evangile, afin que quand nous viendrons à manquer, ils nous reçoivent dans les demeures éternelles [1]?

Assis entre les colonnettes du délicieux cloître de Sénanque, en face de ces gracieux arceaux d'où pendaient alors quelques roses d'automne mariées aux plantes grimpantes, je repassais en mon esprit toutes ces choses; je me disais: Quel sera l'avenir de Sénanque? Dieu seul le sait; toujours est-il qu'il y a là, au fond de ce vallon solitaire, un nouveau germe de bien pour notre pays, dont nous devons saluer l'apparition avec bonheur. Ce germe est faible encore; nous devons, par nos prières, par nos vœux, par nos aumônes, le faire fructifier. Puisse-t-il en être ainsi dans un avenir voisin de nous! Heureux moi-même, si par ce simple récit d'un charmant pélerinage, j'avais pu aider quelque peu à faire connaître, aimer Sénanque, et payer ainsi à ses pieux habitants la dette d'une gracieuse hospitalité!

[1] S. LUC. XVI. 9.

XVI

Le peuple invisible

Bossuet a dit quelque part : « Il y a un peuple invisible qui nous est uni par la charité. » Je voudrais, avec l'aide de Dieu, contempler des yeux de la foi ce peuple invisible, l'étudier avec amour, et apprendre quels sont les trésors de cette *charité* qui les unit à nous. Cette étude me semble belle, singulièrement utile de nos jours, et propre à ranimer dans les âmes le culte trop oublié, trop négligé encore parmi nous, des anges et des saints.

I. Si la religion chrétienne a des dogmes, des mystères impénétrables, inaccessibles à notre faiblesse ; si on trouve dans son symbole quelques vérités terribles qu'on ne peut envisager sans effroi, on y trouve aussi d'autres dogmes pleins de douceur, de consolation, au fond desquels on découvre des harmonies ravissantes. Pourquoi ne pas nous attacher fortement à ceux-là, les méditer plus souvent, nourrir notre cœur du suave miel qu'ils renferment, et sans négliger les autres, vivre d'un commerce habituel, journalier, avec ces dogmes plus doux, plus appropriés à notre misère, comme on vit avec bonheur dans l'intimité d'un ami dont la voix bien connue soutient, encourage, console?... On se plaint trop souvent que la vie sur la terre est triste, décolorée, désolée.... C'est une *vallée de larmes*, dit-on amèrement, et parfois même on en vient jusqu'à reprocher au divin Créateur d'avoir jeté l'homme sans son aveu, sur une terre maudite où, du berceau à la tombe, il aura hélas! presque toujours à souffrir. O vous qui parlez ainsi, cessez vos injustes plaintes. La vie est *triste*, oui, je l'accorde; c'est une terre d'exil, d'épreuves, de passage..... mais *décolorée*, *désolée*, oh! non, elle ne l'est point..... Il tombe toujours sur elle quelques reflets du ciel, quand on leur donne entrée, quand on veut bien les recevoir. Qui dit *désolé* (*desolatus*) dit *seul*, *solitaire*, sans *consolation*. Or, je le demande, peut-il y avoir un être *seul*, *isolé* sur une terre où, à défaut d'amis d'ici bas, l'homme voit au-dessus de sa tête d'innombrables légions célestes qui lui tendent la main et lui offrent un bienveillant secours? C'est là ce *peuple invisible* qui lui est *uni par la charité*, comme dit le grand évêque de Meaux. Vous ne le voyez point, en effet, de vos yeux corporels; mais il n'en est pas moins là, près de vous, recueillant vos vœux, vos soupirs, et volant à votre aide, au moindre signe, au moindre appel. C'est d'abord votre ange gardien, chevalier d'honneur, spécialement chargé de vous conduire et le jour et la nuit, et qui jamais ne vous délaissera le premier.... C'est ensuite votre saint patron, et tout ce peuple de saints dont vous portez aussi le nom, ou qui sont les patrons, les protecteurs de vos familles, de votre état, de votre village, de votre cité...? Ce sont tous les saints et saintes qu'il vous plaît successivement d'invoquer... C'est toute la cour céleste, avec ses myriades d'anges et d'archanges... Au-dessus de tous enfin, c'est la Reine des saints, c'est l'auguste, l'aimable Souveraine des cieux... Mais ici c'est plus qu'une *amie*, une patronne: ces mots disent trop peu... Marie pour chacun de nous n'est-elle pas encore *une mère?...*

II. Je voudrais donc essayer d'offrir quelques tableaux des harmonies hagiologiques que la foi découvre dans le dogme si consolant de la *Communion des saints.* Ce sujet, rempli de charme, doit plaire et sourire à tous. Et cependant, chose étrange! c'est l'un de ceux peut-être dont on s'occupe le moins de nos jours. On honore, il est vrai, la Reine des saints; son culte, grâce à Dieu et à la piété des fidèles, brille d'un vif éclat dans notre siècle et dans notre pays. Mais honorons-nous en même temps, comme nous le devrions, les membres divers de la céleste cour? Convenons-en : oui, de nos jours, hélas! dans notre France surtout, le culte des saints est trop oublié, trop délaissé sur notre sol, jadis si catholique, mais où germent encore presque partout les fruits amers de la semence qu'y vint jeter, il y a trois siècles, une triste et froide doctrine, étrangère au culte des saints ; les vrais amis de Dieu, couronnés dans la gloire, ne reçoivent pas tout l'honneur, tout l'hommage qui leur est dû. On les laisse trop dans leur ciel, heureux sans doute, mais inoccupés, si on peut s'exprimer ainsi, tandis qu'ils ne demandent qu'à travailler pour nous; on ne recourt point à leur appui ; on oublie leur bonté, leur charité, leur puissance ; on dédaigne les trésors qu'ils tiennent dans leurs mains, tous prêts à les déverser sur nous à la moindre prière.... Les intérêts, les soucis matériels courbent nos fronts vers la terre, et nous ne songeons presque jamais à les élever en haut vers nos amis du ciel... On dédaigne les amis du ciel! Eh quoi! les amis de la terre sont-ils donc si nombreux, si solides, qu'il suffit de s'appuyer sur leurs épaules pour ne point trébucher et tomber?

Il n'en était point ainsi aux siècles passés. Dans ces siècles du moyen-âge, inférieurs aux nôtres sous tant d'autres rapports, la foi du moins, plus simple, plus forte, plus naïve, agissait puissamment sur l'état de l'homme et de la société. Le dogme si beau, si consolant de la *Communion des saints*, honoré, béni de tous, faisait ressentir partout sa bénigne influence. Des relations intimes, journalières, établies entre l'Eglise triomphante du ciel et l'Eglise militante de la terre, répandaient sur la vie un charme consolateur, un reflet divin de poésie qui la faisait paraître moins amère. On cheminait moins tristement dans ses sentiers pénibles, le bras appuyé sur de célestes amis, que chacun prenait pour guides, pour conseillers, pour protecteurs. Oui, alors, non seulement chaque individu, mais chaque corps, chaque métier, chaque cité, chaque bourgade, avait ses saints patrons, chéris, vénérés, dont le nom, mêlé à toutes les joies comme à toutes les infortunes, possédait une vertu singulière pour embellir encore les unes et répandre sur les autres un baume consolateur. Amis de la famille, anges du foyer, ah! ce n'était point seulement aux grands jours de votre fête, qu'on s'en venait implorer votre appui! Non, vous étiez bénis, invoqués chaque jour: vous étiez les vrais compagnons, les meilleurs guides et soutiens de l'homme pélerin sur la terre, les messagers de sa prière, de ses désirs, de ses vœux; les confidents de toutes ses peines, de toutes ses pensées!... Ainsi la terre était sans cesse en communication avec le ciel: ainsi chaque être n'était plus courbé tristement vers le sol mouillé de ses larmes; une chaine d'or le soulevait délicieusement vers le divin séjour; à chaque heure pénible de la vie, il s'y rattachait plus fortement; le fardeau, qu'il ne portait plus seul, lui paraissait dès lors moins lourd, moins onéreux.

Aujourd'hui, hélas! l'on songe moins à tout ce que renferme de tendre, de consolant le dogme chrétien de la *Communion des saints*, à tout ce qu'il a de puissant pour apaiser les douleurs, guérir ou adoucir les blessures de l'âme, et soutenir les pas chancelants de l'infortuné sur le chemin de la vie. Oui, répétons-le, ce dogme si fécond est aujourd'hui trop oublié, trop méconnu. Dans quelques contrées plus heureuses, en Italie, par exemple, dans certains pays méridionaux, et dans les cantons catholiques de la Suisse, il fleurit encore. Mais dans toutes les contrées, où les vents brûlants du *protestantisme*, de la *philosophie* ont passé et soufflé leur venin, il ne vit que faiblement, même dans les cœurs restés fidèles à la foi. Ainsi pour la plupart, la vie, s'écoulant solitaire et terrestre, demeure sombre et décolorée. De là ce déluge de cris, de plaintes, qui chaque jour vient inonder la terre et s'élève jusque vers les cieux.

Pour étudier et comprendre les divines harmonies du dogme chrétien qui nous occupe, il suffit à tout homme éclairé des vives lumières de la foi de descendre dans le fond de son cœur. C'est là qu'à la lueur du céleste flambeau, il découvrira ces harmonies. S'il y a des dogmes qu'il serait téméraire, dangereux d'approfondir sans la science d'un théologien, ah! celui-ci du moins s'offre à nous sous tant d'aspects touchants; on y trouve tant d'affinités, de rapports avec nos besoins intimes, les affections et les tendances de notre cœur, qu'il semble qu'ici le cœur suffise seul, et que le génie et la science seraient pour cette étude des instruments à peu près superflus. Quel est celui, en effet, qui n'a pas senti, au moins une fois dans sa vie, l'impérieux besoin d'un ami céleste? à mesure que notre course rapide sur le fleuve du temps s'éloigne de sa source, quel est celui d'entre nous, qui, en voyant tomber autour de lui et disparaître par degrès parents, amis, bienfaiteurs, soutiens, ceux qu'il a le plus connus, le plus aimés, n'éprouve dans sa solitude un besoin intime? lequel? celui de combler le vide qui s'est fait dans son voisinage? *Il n'est pas bon que l'homme soit seul*, dit la sainte Ecriture... Mais cet homme, trop souvent il n'a point d'amis, de proches ici bas; il est seul, ou s'il a des amis, des proches ils sont éloignés, fragiles, impuissants.... Où trouvera-t-il dès lors des compagnons, des confidents de ses pensées, de ses actes? Ah! si tout manque autour de lui, c'est au-dessus de lui qu'il doit chercher de vrais amis. Qu'il porte ses regards en haut... Ouvrez-vous donc, portes du divin séjour, et montrez-nous ces légions d'amis célestes qui nous tendent les mains, et nous disent: « Viens à moi, va, je suis ton frère; je saurai t'aimer, te secourir. » Oh! non, l'homme, le chrétien ici bas n'est jamais solitaire. Ce roi sublime de la création ne marche point seul: il a son escorte d'honneur, aussi bien que les plus grands monarques. Une milice céleste l'environne, toute prête à le servir, à le secourir, à le défendre.

Dans ces *études* nous essaierons de faire comprendre quelle est la bonté, la charité, la puissance de cette milice du ciel, vis-à-vis de l'homme sur la terre, en déroulant les anneaux merveilleux de cette chaîne d'or qui relie les élus dans la gloire avec les pauvres habitants de la terre d'exil[1]......

[1] Ce fragment est extrait d'un ouvrage que l'auteur se propose de publier sous ce titre : *les Célestes Amis de l'homme, études et entretiens hagiologiques.*

XVII

Une pensée philosophique à propos des globes de Coronelli.

I. La Bibliothèque impériale de Paris, entre tant d'autres richesses de tout genre qu'elle possède, offre à l'admiration des curieux et des étrangers les grands globes de Coronelli. Ces deux globes, l'un terrestre, l'autre céleste, aux proportions colossales (ils ont douze pieds de diamètre), sont l'œuvre d'un moine franciscain de Venise, qui fut l'un des plus habiles mathématiciens du XVIIe siècle. Il les termina vers l'an 1683, à Paris, où la renommée de sa science l'ayant fait appeler par le cardinal d'Estrées, il y séjourna quelques années. Ces globes sont ornés d'emblêmes et d'inscriptions dessinés avec une grande délicatesse. Aujourd'hui encore, malgré les progrès récents de la géographie, on admire la beauté d'exécution de ces monuments gigantesques, supportés par d'énormes piédestaux qui, traversant le sol entr'ouvert pour leur faire place, viennent s'appuyer sur le pavé de l'étage inférieur, dans une salle basse. Il a donc fallu deux vastes salles, deux étages, pour loger ces hôtes d'un volume étrange!... Quel homme cependant que ce Coronelli! Elu général de son ordre l'an 1702, il ne laissa pas, au milieu des soins multipliés de sa charge, de s'occuper de ses études favorites. Enthousiaste de la science, il lui consacrait tous ses moments. Il avait fondé à Venise, sa ville natale, une académie de géographie, dont les membres étaient appelés *argonautes*. Peu d'auteurs ont été plus féconds que ce moine de Saint-François; il en est peu surtout qui aient su écrire avec autant de promptitude. Il enfantait un in-folio avec moins de peine qu'un autre une brochure. Il a publié plus de quatre cents cartes géographiques avec leurs explications, et un très-grand nombre de volumes.... Cet homme étonnant mourut à Venise l'an 1718.... Mais venons à la *pensée* qui doit faire le principal objet de cette étude philosophique.

II. Mes travaux littéraires me ramenant de temps à autre dans la vaste salle de lecture de la Bibliothèque impériale, je passe et repasse devant ces globes géants, que j'entrevois alors à travers le vitrage d'une salle voisine. Mais plus d'une fois il m'est arrivé de m'en approcher de près, en faisant les honneurs de ces curieux monuments à quelques amis que je guidais à travers les détours de cet immense labyrinthe des sciences et des lettres... En contemplant avec eux ces globes de Coronelli, une pensée est venue s'offrir à mon esprit : je veux l'exposer ici tout simplement. Aussi bien je la crois bonne, sage, utile. Puisse-t-elle, méditée par quelques-uns, apporter dans leur cœur de graves, de salutaires enseignements!

III. Nous sommes devant le globe terrestre : l'autre nous occupera moins. Voilà donc cette terre, la demeure des hommes! Mais remarquons d'abord que de cette vaste surface ronde un tiers seulement est terre ferme; le reste est tout entier le domaine des eaux; et dans ce tiers lui-même, que d'immenses déserts!.... Et maintenant cherchons l'Europe: la voici. Quoi! cette région, qui nous semble si étendue, n'occupe sur le globe qu'un étroit espace!... Cherchons la France: la voici encore: mais approchez plus près, car sa place est si petite, que vous ne sauriez la découvrir de loin. Et maintenant où est Paris, sa belle capitale; Paris, la reine des arts, des sciences, de la civilisation, la ville par excellence, la reine du monde enfin? Voici dans un tout petit coin cette cité des merveilles! Elle est là presque imperceptible. Pour l'apercevoir, il faudrait toucher le globe, ce qui est interdit... Avec de très-bons yeux cependant, peut-être découvrirez-vous le mot Paris: mais pour plus d'un curieux, ce mot semble illisible.

Poursuivons. Dans ce vaste Paris, qui apparaît sur le globe comme un point presque imperceptible, il y a un million d'individus qui vont, viennent dans ses rues, s'agitent, se pressent, se croisent en tous sens, et parmi ce million d'hommes, il s'en trouve un d'une étrange espèce et d'un orgueil inoui: cet homme, c'est un *libre penseur*.

Qu'est-ce à dire, un *libre penseur?* C'est un homme qui, se déclarant indépendant de tout maître, de tout frein, veut n'obéir qu'à ses désirs, à ses passions, et suivre *librement* à la dérive le flot de ses propres *pensées*. Cet homme, comme on vient de le voir, occupe incomparablement moins de place sur le globe qu'une petite mouche, un ciron n'en tiendrait sur cet énorme globe de Coronelli. Que lui importe? Il prétend quelquefois régenter le monde entier lui-même, le faire mouvoir à sa mode, lui donner des lois... Il y a bien peut-être au-dessus de lui, pense-t-il parfois, un Etre invisible un peu plus puissant, qui aurait droit de commandement suprême : mais cette pensée l'importune : il n'y veut point songer; il ne s'en occupe nullement.... Cet Etre supérieur a bien cependant tracé des règles, établi un code de lois, d'ordonnances, pour l'harmonie du monde, pour le bonheur de ses habitants : il veut dès-lors être obéi comme un général, un monarque veut être obéi de ses soldats, de son peuple.... Une félicité suprême d'ailleurs est attachée à cette obéissance, un châtiment éternel à la révolte... Eh bien, ce même petit homme, ce *libre penseur*, méprise ces règles, ces lois, ces ordonnances.... Il veut se gouverner lui-même, se substituer à la place de cet Etre invisible. Se dressant donc fièrement contre lui, il lui crie chaque jour dans le fond de son cœur : Va-t-en, tu m'importunes; je dédaigne ta loi, tes préceptes; ma raison me suffit : non, je ne t'obéirai point!...

IV. Quel est maintenant cet Etre invisible, contre lequel le *libre penseur* s'insurge de la sorte, en lui refusant l'hommage de sa raison et d'une humble dépendance? Ici nous devons reprendre notre gradation, mais dans un sens inverse. C'est un Etre invisible à nos yeux, mais dont tout cependant ici-bas révèle la grandeur, l'immensité, la bonté, la sagesse, la puissance. C'est Celui qui a créé non-seulement cet homme dont nous parlons, mais encore ce million d'hommes qui s'agitent dans Paris... Bien plus, c'est Celui qui a créé la France, l'Europe, tout le globe enfin... Que dis-je? Il a créé des milliers d'autres mondes plus vastes; car c'est le souverain Créateur du ciel et de la terre, le Roi éternel des siècles; c'est Dieu enfin, l'Immense, le Tout-Puissant, l'Infini; Celui qui d'un seul souffle peut briser tous ces mondes et les réduire en poudre..... Voilà pourtant Celui contre lequel se dresse, s'attaque cet homme isolé qui tient une place si infime, si imperceptible dans la création!... Voilà Celui dont il cherche audacieusement à usurper le pouvoir!...

O folie incompréhensible! Les mystères de notre foi scandalisent l'orgueil de l'homme. Mais s'il est un mystère plus inexplicable, n'est-ce pas cette audacieuse révolte de l'orgueil humain contre la toute-puissance de Dieu?...... Et maintenant, quand on vient à songer que cette étrange révolte n'est point le fait isolé d'un seul homme, mais celui de milliers d'hommes, et qu'il fut même un temps où les hommes de cette espèce s'appelaient *esprits-forts*... oh! alors le mystère est plus insondable encore...... Qui pourra l'expliquer?..... Ah! si dans la créature humaine il y a quelque chose d'infini, c'est donc son orgueil, sa misère!..... Orgueil et misère de la créature livrée à sa seule raison; immensité, puissance infinie du divin Créateur : telle est la double pensée que m'inspire la vue des globes de Coronelli. *Les cieux racontent la gloire de Dieu*, s'écriait le Roi-prophète; la terre la raconte également à son tour..... Mortels, humilions nos fronts dans la poussière; au lieu de nous dresser contre l'Etre infini, reconnaissons notre néant, adorons en silence sa souveraine grandeur!.....

XVIII

La Fête-Dieu.

UN SOUVENIR D'AVIGNON

I. Je viens d'assister à la procession du très-saint-Sacrement à Saint-Sulpice, à Paris. Quelle auguste solennité! Ces centaines de prêtres ou jeunes lévites, revêtus d'ornements sacrés, qui figurent les divers ordres des célestes chœurs; l'ordre admirable et la précision des cérémonies, le recueillement des pieux fidèles, les chants graves, majestueux, les sons harmonieux de l'orgue; la vaste enceinte illuminée de feux, embaumée des suaves parfums de l'encens et des fleurs....; assurément tout concourt à rendre la procession de Saint-Sulpice une des plus édifiantes, sinon une des plus belles qu'on puisse voir. Quelques autres paroisses de la capitale doivent, en ce jour, à leur position, un précieux privilége.... A la *Madeleine*, la procession sort du temple, et fait le tour de la magnifique colonnade. Elle offre un faible souvenir de cette belle procession du *Corpus Domini*, à Saint-Pierre du Vatican, à Rome, s'avançant sous l'admirable colonnade qui ouvre et étend ses deux grands bras comme pour embrasser le monde et l'étreindre sur le cœur de l'église-mère.

Aux *Missions-Etrangères*, la Fête-Dieu étale ses pompes dans le vaste et beau jardin où, à certaines heures, se promènent gravement, d'un côté, de vieux missionnaires, des confesseurs de la foi; tandis que de l'autre se récréent gaiement, sous les vertes charmilles, de jeunes novices, prêts à faire voile pour les mers de la Chine, où les attend la cangue du martyre. A *Saint-Thomas-d'Aquin*, la procession sort aussi de l'église et circule à son tour dans le jardin du dépôt de l'artillerie. Ainsi, du moins, dans quelques paroisses encore, il est permis au Roi du ciel et de la terre de franchir le seuil de son temple, et de venir bénir, à la face du soleil, la foule des pieux fidèles rassemblés sur son passage. Mais pourquoi ne pas lui permettre de s'avancer plus loin dans la grande cité! Pourquoi dire à Dieu, comme il dit lui-même aux flots de la mer : « Tu viendras jusqu'ici, mais tu n'iras pas plus loin! » Chose étrange, cependant, partout aujourd'hui, dans les pays catholiques, la Fête-Dieu étale librement au dehors ses pompes augustes et touchantes. Que dis-je? dans les pays peuplés d'infidèles, même à Constantinople, à Smyrne, à Alger et ailleurs, on adore publiquement le Dieu de paix, porté en triomphe le long de ces brillants rivages où il est méconnu encore. Une seule cité, peut-être, ne peut jouir de ce bonheur. Cette cité... c'est la vieille capitale du *royaume très-chrétien!*....

II. Plus heureuses nos villes méridionales! Mais parmi ces villes j'aime surtout Avignon. Oh! qu'elle est belle, dans ce jour, l'ancienne ville papale! Un souvenir vient ici se joindre à mon regret.... Enfant du midi, j'aime à le redire, ce doux souvenir de ma province natale. Oui, je veux rappeler ce que j'ai vu, il y a peu d'années encore. Transportons-nous donc, pour un moment, sur les rives du Rhône, et contemplons-y un gracieux tableau.

La Fête-Dieu d'Avignon n'est point, comme à Paris, un fait uniquement religieux, circonscrit dans une église ou dans un quartier tout au plus, et qui occupe un petit nombre de fidèles; c'est une fête publique, à laquelle tout le monde prend part, et qui, influant sur la ville entière, change, pour un jour, sa physionomie et son aspect. Si vous descendez, la veille, dans quelque hôtel d'Avignon, vous courez grand risque de ne plus trouver de logement. On est venu de dix lieues à la ronde. Ne vous avisez pas non plus de commander, les jours précédents, un habit, une robe, un chapeau. Vous n'obtiendrez rien, si vous ne vous y êtes pris quinze jours à l'avance. C'est la semaine de l'*ouvrage pressé*, tout comme à Paris, *la semaine avant le jour de l'an.*

Enfin, il a lui, ce jour si impatiemment attendu. Ne demandez pas si ce jour sera beau, si le soleil y brillera de ses chauds rayons. Question de Parisien. Dans la belle cité de Laure, le soleil est un roi qui trône presque constamment dans tout l'éclat de sa cour. Tout au plus aurait-on à craindre, si c'était la saison, ces hôtes incommodes qui, sous le nom de *mistral*, soufflent avec tant de violence sur les rives du fleuve. Mais non, le ciel est pur, calme et serein. Le plus beau des jours vient éclairer la plus belle des fêtes.

La procession de la cathédrale, celle dont je vais parler, a lieu le matin. Sortez-vous de bonne heure, un gracieux spectacle frappe tout d'abord vos regards. Partout vous rencontrez des myriades de petites filles en blanc, roses, fraîches, souriantes, mais un peu timides, cependant, et osant marcher à peine, tant elles craignent de déranger leur toilette. C'est qu'aussi leurs mères, aidées souvent d'habiles coiffeurs, y ont mis tout leur talent. Petits chérubins à la tête frisée et couronnée de fleurs, un bouquet et un chapelet à la main, ils se hâtent, néanmoins, impatients d'arriver. Que n'ont-ils des ailes pour voler!.... Laissons ces groupes d'anges regagner la bannière de leur chère confrérie, et jetons un coup-d'œil sur la cité elle-même.

III. Pour si beau que soit le ciel d'Avignon, il faut vous résigner à ne l'apercevoir guère dans ce jour. Pourquoi donc? — C'est que toutes les rues sont tendues horizontalement. Levez les yeux : vous ne voyez que des toiles retenues par des cordes. Loin de vous plaindre, bénissez ce bienfaisant usage; grace à lui, un soleil brûlant ne darde point sur votre front. Vous cheminez à l'ombre à travers des rues transformées en jardins odorants, car le sol et les maisons sont partout parsemés de fleurs; de riches tapis de laine, de velours ou de soie, entremêlés d'emblêmes pieux, sont appendus à toutes les fenêtres, à tous les balcons. Une ceinture de chaises ou banquettes est disposée sur le seuil de chaque demeure. Le monde élégant de la cité avignonnaise vient y prendre place, pendant que des groupes circulent le long de ces parterres enchantés, dans l'attente du passage de la procession.

Enfin le flot des promeneurs s'est écoulé, tous se sont rangés le long des murs. On se recueille, on ne parle plus qu'à voix basse. C'est qu'on entend dans le lointain, s'accroissant par degrés, le bruit sourd et cadencé des tambours. Ils ouvrent le cortége et s'avancent d'un air résolu, battant cette marche lente et fière dont on ne perd point le souvenir quand on l'a une fois entendue. Avant les tambours, apparaissent deux ou trois *pénitents*, armés d'une tire-lire, et devenus, pour le moment, *frères-quêteurs*. Ils marchent en zig-zag, et quêtent partout pour les pauvres. J'aime cet usage. N'est-il pas juste que les pauvres, les meilleurs amis de Dieu, aient quelque part dans cette brillante fête du Roi du ciel?

Et maintenant, décrirai-je la pompe, l'éclat de ce long cortége? Ce sont de nombreuses confréries avec leurs riches bannières : hommes, femmes, adolescents, jeunes filles, tous sont là, rangés sous l'étendard de quelque saint patron. Ce sont les longues files de *pénitents* de diverses couleurs; les religieux des divers ordres si nombreux à Avignon; ce sont, au nombre de près d'un mille, les enfants des écoles chrétiennes, tous revêtus d'un gracieux costume d'enfant de chœur. Ce sont, enfin, les séminaires, le clergé, le chapitre et le vénérable archevêque portant, sous un magnifique dais, le Saint des saints. Derrière lui sont les autorités, les fonctionnaires et des fidèles de tout rang. La troupe contient les flots du peuple. Cependant la marche est animée par des chants tantôt graves, tantôt joyeux, qu'interrompent, par intervalles, les tambours et les musiques guerrières. Le cortége fait halte à de modestes chapelles érigées sur sa route. Puis il reprend sa marche en bon ordre. De temps à autre figurent dans ses rangs de pieux emblêmes, ou bien apparaissent de petits personnages qui frappent plus vivement l'attention. C'est la *Madeleine pénitente*, quelque sainte reine avec son diadème et son manteau royal, saint Jean-Baptiste avec son petit agneau, saint Bénezet, le berger, patron d'Avignon, chargé de la lourde pierre qu'il emporta à la voix d'un ange comme signe de la mission qu'il avait reçue de bâtir un pont sur le Rhône. C'était enfin, autrefois (je l'ai vu en d'autres temps), un petit pape entouré de ses cardinaux, donnant à tous sa bénédiction. Suivons ce cortége jusqu'à la fin. Il arrive sur le majestueux rocher de *Notre-Dame-des-Dons*, sur le seuil de la vieille basilique bâtie ou restaurée par les *dons* de Charlemagne. Ici s'offre à nos yeux un sublime spectacle.

IV. Le rocher des *Dons* est l'un de ces points élevés d'où la vue s'étend au loin et embrasse un merveilleux horizon : à droite, dans un vague lointain, c'est la vaste et fertile plaine qu'arrose la Durance avant de porter au Rhône le tribut de ses eaux ; à gauche, sur l'autre rive, apparaît Villeneuve-lès-Avignon, avec les ruines de sa vieille chartreuse et de son abbaye de bénédictins, bâtie sur le roc comme une forteresse ; et puis là, devant nous, au milieu du fleuve, c'est l'île délicieuse de la *Barthalasse*, immense corbeille de verdure et de fleurs qui semblent se balancer mollement sur l'onde ; enfin, c'est, à nos pieds, la ville d'Avignon elle-même, se déployant noble et majestueuse sous le plus brillant soleil. Mais qu'importe aujourd'hui cette magnificence ? Le plus beau spectacle est cette foule immense agenouillée sur la grande place du Palais-des-Papes. Elle est là baissant la tête sous la bénédiction que lui donne le pontife avec le Saint des saints. En ce moment les cent clochers de la *ville sonnante*, suivant l'expression d'un vieil écrivain, font entendre leurs carillons ; le canon gronde.....

O moment auguste et solennel ! après le spectacle du Vicaire de Jésus-Christ, bénissant du haut du balcon du Vatican la *ville et le monde*, quel spectacle plus imposant et plus grandiose que cette bénédiction du très-saint Sacrement, donnée du haut du clocher de Notre-Dame des *Dons*, aux fidèles de l'ancienne ville papale !

XIX

Histoire touchante d'un soldat.

I. Comme le berger court après sa pauvre brebis perdue, le divin pasteur des âmes poursuit l'homme égaré dans ses voies et s'efforce de le ramener au saint bercail. Le chrétien instruit de sa foi connaît ces amabilités de la Providence, qui frappe sans cesse à la porte d'un cœur pour en obtenir un hommage longtemps refusé ; mais ce qu'il ignore trop souvent, c'est l'étrangeté même des formes que revêtent parfois ces amabilités amoureuses. Il est bon cependant d'en rappeler les exemples. On ferait certes un beau livre de tous ces miracles de la grace qui ramènent à Dieu comme forcément, et par une impulsion presque irrésistible, de pauvres créatures dévoyés de leur route. Notre époque en est remplie; et, avec autant de raison que jadis le grand prêtre Joad, nous pourrions nous écrier aujourd'hui :

> Et quel temps fut jamais si fertile en miracles?
> Quand Dieu par plus d'effets montra-t-il son pouvoir?...
>
> RACINE, *Athalie.*

Entre un grand nombre de faits de ce genre que je pourrais citer, j'en choisis un qui me semble des plus remarquables.

Chose étrange ! Ici c'est une sorte d'injure qui, jetée à brûle-pourpoint par une simple femme sur la poitrine d'un soldat, devient le salut de ce brave... Oh ! que la Providence est donc belle et merveilleuse dans ses voies ! Au reste, l'histoire que je vais rappeler n'est point un de ces pieux récits que l'imagination invente, ou que du moins elle brode et revêt d'ornements sur une simple donnée. Véritable sur tous les points, elle m'a été racontée par un vénérable prêtre de Lyon, dont la bienveillante amitié est pour moi l'un de ces parfums qui embaument la vie d'ici-bas, en lui donnant un avant-goût des saintes amitiés du ciel.

II. Sur l'un des flancs de la sainte colline de Fourvières, si chère aux Lyonnais, on voyait autrefois un vaste couvent de carmes déchaussés. Les pieux enfants de sainte Thérèse et de saint Jean de la Croix étaient là merveilleusement placés au pied du sanctuaire de Marie, la reine, la fleur, la protectrice du Carmel.... Mais comme tant d'autres monastères de nos villes, celui-ci était devenu, à la fin du dernier siècle, un quartier de soldats. C'était au temps de notre récit, la *caserne des Carmes*. On y arrivait par un chemin assez rapide, dit la *montée des Anges*. J'ignore l'origine de cette douce appellation. Mais ce nom béni était de bon augure, et devait tôt ou tard provoquer sur ce chemin quelques rayons de la grace divine.... Or donc, sur la *montée des Anges*, à Lyon, se passait, il y a quelques années, la scène que je vais retracer.

Un jour, par une belle matinée, une cantinière, chargée de son petit bagage, revenait du marché de la ville, et gravissait péniblement la colline, pour regagner la caserne des Carmes. Un soldat en descendait ; il venait d'y visiter un camarade, un *pays* peut-être, arrivé récemment dans la garnison de Lyon. Le soldat, bon, généreux, est l'ami respectueux de la cantinière. Il sait qu'elle partage avec lui ses fatigues, ses sueurs, ses longues marches, parfois même ses périls aux grands jours des batailles... Il la trouve toujours là, près de lui, comme une petite providence pour étancher sa soif, soutenir ses forces qui défaillent.... Respect donc à la cantinière; la bienfaisante femme, qui devient pour vous, pauvres soldats, si loin du toit natal, comme une sœur, comme une mère!.... Oui, le soldat, répétons-le, ne manque point aux égards qu'elle mérite. Cette fois, cependant, il n'en fut point ainsi. Coudoyée rudement (par inadvertance, j'aime encore à le croire) par le soldat qui descendait de la caserne, la cantinière chancelle donc, et voit rouler à terre toute sa petite marchandise. Se retournant alors vers le troupier, elle l'apostrophe vivement, mais c'est dans un langage étrange et fier, où semble se mêler plus de pitié que de véritable colère.

« Prenez donc garde! lui dit-elle en le regardant fixément : *Voyez donc ce grand serin qui n'a point fait encore sa première communion!...* (Sic.) »

A ces mots, le soldat se retourne. Cette dernière parole l'a frappée vivement.... Ah! sans doute, elle lui a rappelé un souvenir d'enfance. Un regret, un remords s'est glissé dans son cœur, à la suite d'un rayon de la grace qui vient d'y pénétrer... Il porte la main à son front, se recueille et se dit : Elle a raison, la cantinière... Mais comment le sait-elle? diantre! voilà qui est bien singulier.

Confirmée dans sa pensée par le trouble et le silence du soldat, la cantinière renchérit sur ses paroles : « Tiens, c'est pourtant vrai, ajoute-t-elle, je ne me trompe donc pas;

ce gaillard n'*a point fait encore sa première communion*. »

Ces derniers mots sont de plus en plus comme un trait enfoncé dans le cœur de ce brave, et dont il ne peut se débarrasser.... Mais l'idée de remplir enfin un devoir trop longtemps oublié s'est offerte soudain à son esprit : il n'a garde de la repousser, il s'y arrête au contraire.

« Oh ! la cantinière ! fit-il d'une voix radoucie ; dites donc, où est-ce qu'on fait sa première communion ?

— Belle question, répond celle-ci ; mais c'est dans sa paroisse.... Quoi donc ?

— Comment, dans sa paroisse? Mais est-ce donc que les soldats ont une paroisse ? Ballottés de garnison en garnison, de caserne en caserne, ils n'ont point de maison, comment auraient-ils une paroisse ?

— Vous ne comprenez donc pas, l'ami? c'est pourtant bien simple : la paroisse pour le soldat, c'est l'église la plus voisine de sa caserne. Voyons, où habitez-vous maintenant?

— A la caserne de Saint-Sébastien, près de Saint-Polycarpe.

— Voilà justement votre affaire. Eh bien! Saint-Polycarpe est votre paroisse. C'est là qu'il vous faut faire votre première communion.... Mais je suis pressée, on m'attend là haut ; allez donc maintenant, et que Dieu vous bénisse!....

III. La *montée des Anges* où se passait ce petit colloque était bien nommée dans ce jour. Ne semble-t-il pas en effet que les anges gardiens de la cantinière et du soldat, s'y donnant rendez-vous, se sont entendus pour inspirer, l'un à cette femme brusquement culbutée une parole heureuse destinée à porter coup, l'autre à ce bon troupier un souvenir d'enfance, puis un regret, un remords, afin de toucher son cœur et l'amener à l'accomplissement d'un saint devoir?

O divine Providence, que vos voies sont singulières, admirables! Combien ne devons-nous pas les bénir!... Mais poursuivons notre histoire.

Pendant que la cantinière remontait à la caserne, le soldat descendait rapidement la colline, traversait la Saône sur l'un de ses ponts, et se dirigeait vers le quartier de Saint-Polycarpe. Laissons-le poursuivre sa route, et plaçons ici une courte réflexion. Quelque pieux lecteur se sera déjà dit, sans doute : Mais comment un soldat catholique de vingt, vingt-cinq, trente ans peut-être, n'a-t-il pas fait encore sa première communion? — Hélas! ce phénomène n'est point rare de nos jours, et l'on n'en trouve que trop d'exemples. La négligence des parents d'abord, plus tard l'apprentissage, l'entraînement des mauvaises compagnies, ensuite le tumulte des camps, que sais-je encore?.... Voilà autant de causes qui font rencontrer sous nos drapeaux des hommes de cet âge pour qui n'a jamais lui, hélas! *le plus beau jour de la vie*.... Je plains ces hommes. Grace à Dieu, cependant, ces exemples deviennent chaque jour moins fréquents. Un plus grand zèle est apporté aujourd'hui à l'instruction religieuse du soldat; dans la plupart de nos villes de garnison, de dignes prêtres ou religieux, des hommes de bien, des jeunes gens quelquefois, consacrent les plus louables efforts à rendre le soldat aussi fidèle à son Dieu, qu'il est dévoué à son prince, à son pays. Le Ciel bénit leurs charitables soins.... Sans sortir de la ville de Lyon, ne pourrions-nous pas déjà citer le vénérable prêtre que tous les soldats estiment et chérissent, parce qu'il est pour chacun d'eux un ami, un bienfaiteur, un père? Lors de son dernier voyage à Lyon, l'Empereur voulut honorer hautement le digne aumônier du camp de Sathonay, en attachant l'étoile de l'honneur sur un cœur si dévoué à nos braves soldats [1]. Jamais cette honorable distinction n'avait été mieux méritée.... Mais revenons à notre bon troupier cheminant sur la route de Saint-Polycarpe.

IV. Il arrive enfin devant l'église, et il y entre. Quelques pieuses femmes, agenouillées dans le lieu saint, priaient dévotement. Se dirigeant vers l'une d'elles, qui défilait les grains de son chapelet, le soldat s'en approche, et, lui frappant doucement sur l'épaule :

« Eh! Madame, demande-t-il à demi-voix; dites-donc, *est-ce ici qu'on fait sa première communion?* »

La bonne dame se retourne, et répond poliment :

« Oui, c'est ici, comme dans les autres églises. Mais, tenez, allez dans la sacristie, on vous répondra mieux. » Et du doigt, elle lui en indique le chemin et la porte.

Le soldat entre dans la sacristie; un prêtre s'y trouvait.

« Est-ce ici, M. l'abbé, demande encore notre brave, qu'on fait sa première communion?

— Oui, mon ami, répond le bon prêtre; c'est ici qu'on enseigne aux enfants leur catéchisme et qu'ensuite ils font leur première communion. Auriez-vous quelque enfant à nous présenter?

— Oui, vraiment; mais ce n'est point un enfant, c'est moi-même. Oui, Monsieur, je veux faire ma première communion, que je n'ai point faite encore, et cela le plus tôt possible.... C'est une idée qui est là sur mon cœur, voyez-vous; je ne puis m'en débarrasser.

— C'est très-bien, mon ami; le bon Dieu vous inspire

[1] M. l'abbé Faivre, aumônier de l'armée de Lyon, auteur du livre *les Heures du soldat*.

là une excellente idée; vous devez la suivre.... Mais cela demande un peu de temps; voyons, il faut d'abord vous instruire. Tenez, voilà justement qu'un digne vicaire de cette paroisse termine son catéchisme. Attendez, je vais vous confier à lui; soyez tranquille, vous serez en de bonnes mains, et, avec l'aide de Dieu, tout ira bien.»

Le prêtre catéchiste rentre en effet dans la sacristie. Le soldat lui ayant été présenté, il l'accueille avec bonté et douceur. On prend ensemble jour et heure pour les instructions religieuses. On fut exact aux rendez-vous L'exactitude militaire ne fait jamais défaut; c'est l'une des grandes vertus de nos braves. Que se passa-t-il entre ce bon vicaire et son assidu néophyte? C'est ici le secret de Dieu. Ne cherchons point à l'entrevoir. Que nous importe au reste! Il nous suffit de savoir qu'au bout de quelques semaines, notre brave troupier était parfaitement instruit de sa religion, et bien préparé au grand acte devenu l'objet de ses ardents désirs. Quand la bonne volonté et le cœur sont de la partie, on va vite et facilement en besogne. Il put enfin jouir, lui aussi, à son tour, du bonheur après lequel il soupirait, et compter désormais un *plus beau jour* entre tous les autres de sa vie.... Ici encore, respectons le secret de Dieu. Il est permis néanmoins de croire que des larmes de joie roulèrent en ce moment sur les moustaches de ce brave, et que la grace mit dès-lors dans son cœur le germe d'une sublime pensée, à laquelle il saura aussi être fidèle comme à celle dont il avait reçu la soudaine inspiration sur la *montée des Anges.*

V. Que devint-il, ce soldat, allez-vous demander sans doute? Ecoutez : j'ai hâte moi-même de vous l'apprendre. Son temps de service était près d'expirer; il obtint bientôt son congé, quitta son régiment et rentra dans ses foyers. Mais que va-t-il faire désormais? Rester oisif, prendre un état, se marier!... De ces trois partis aucun ne lui allait, aucun ne souriait parfaitement à son cœur. Il lui semblait être appelé à quelque chose de plus grand comme aussi de plus humble. Une autre idée germait dès lors dans ce cœur de soldat, retiré des camps. Chaque jour elle y croissait, s'y développait.... Comme la première, elle devint une idée fixe; il n'aspira bientôt plus qu'à la réaliser.

Au milieu de tant de spectacles qui affligent les yeux, dans notre siècle d'égoïsme, où règne le *dieu lingot*, adoré par l'homme matière, l'*homme houille* [1], d'autres spectacles consolent cependant et honorent l'humanité. Non, la soif de l'or n'est pas la seule qui dévore les hommes, quoi qu'on en puisse dire; la soif du dévouement revendique aussi sa place dans plus d'un noble cœur. Sous une forme ou sous une autre, on se donne, on se dévoue encore, soit à son prince, à son pays, soit plus directement à Dieu, dans la carrière sacerdotale ou religieuse. Il n'est pas rare, de nos jours surtout, de voir ce double dévouement patriotique et religieux s'emparer successivement d'un même cœur. Après avoir vaillamment servi son pays, affronté la mort sur vingt champs de bataille, souvent un brave officier se retire des camps. Mais ne croyez pas qu'il s'adonne au repos, à l'oisiveté. Non, il n'a pas versé tout son sang; il lui en reste encore dans les veines. Eh bien! ce sang de son âge mur ou de sa vieillesse, il va le consacrer, sous un autre drapeau, au service de Dieu et de ses frères... Que de beaux exemples nous en pourrions citer. Un journal

[1] Expressions de M. l'abbé Combalot, missionnaire apostolique.

rapportait naguère qu'un jeune officier, de retour en Provence, après avoir noblement payé son tribut de sueurs et de sang aux assauts de Malakoff et de Sébastopol, allait échanger ses épaulettes et sa croix d'honneur gagnées sous le canon des Russes, contre le blanc vêtement des fils de saint Dominique. Soyez béni, noble enfant de la France. Oh! que votre dévouement doit racheter d'erreurs et de crimes! J'ai connu un saint prêtre, d'une famille distinguée, qui avait pris part, comme officier, aux dernières campagnes de l'Empire; s'étant retiré couvert de blessures, il était entré dans les saints ordres, et, dans une vie modeste mais utile à un grand nombre, il consacrait ses nobles loisirs et sa fortune à faire autour de lui le plus de bien possible. Une large cicatrice, glorieuse empreinte d'un coup de sabre, faisait, sur sa majestueuse figure, la plus vénérable ride qu'on puisse voir. Les fatigues de ses rudes campagnes abrégèrent la vie de ce saint prêtre, dont tous ceux qui l'ont connu gardent le souvenir [1]. Que d'autres exemples n'aurions-nous pas à rappeler ici? Mais il est temps de revenir au soldat de notre histoire.

VI. Une soif de dévouement dévorait aussi son noble cœur. Il n'aspirait point cependant à l'honneur du sacerdoce, se jugeant trop indigne et incapable d'en remplir les fonctions. Il ambitionnait un état plus humble, qui fût néanmoins utile et saint; il saura le trouver. A tout homme qui veut se dévouer, quels que soient d'ailleurs son rang, son âge, son aptitude, la religion sait ouvrir une sainte carrière.... A Lyon et ailleurs sans doute, notre soldat avait vu souvent passer, repasser devant lui, cheminant à la tête de leur bataillon enfantin,

[1] Le comte-abbé de Maillet, mort à Paris, rue du Regard, le 26 août 1843.

les *chers frères des Ecoles chrétiennes*. Leur humble costume, leurs fonctions plus humbles encore lui avaient paru dignes d'envie... Il veut devenir *frère*. Cette idée, comme nous le disions plus haut, germe, fermente, se développe dans son esprit, et bientôt s'en empare tout entier. A quelque temps de là, le Vénérable La Salle comptait un disciple de plus. Retiré dans la ville d'Avignon, il y faisait son noviciat; et de là, il écrivait au bon vicaire de Saint-Polycarpe, devenu son ami, une de ces lettres, pleines de reconnaissance et de bonheur, qu'on ne peut lire qu'avec des larmes. Celles du pieux vicaire, en roulant sur le papier de son ami, avaient mouillé deux petites images. C'était un simple gage du *cher frère* pour les deux prêtres de Saint-Polycarpe qui l'avaient accueilli et préparé à sa première communion. Les humbles disciples du bienheureux La Salle, ayant fait vœu de pauvreté, n'ont rien à donner : mais les petites images qui viennent de leurs mains n'en sont pas moins très-précieuses; et ces deux bons prêtres de Lyon, s'ils vivent encore, gardent soigneusement comme un trésor, j'en suis certain, cette marque du souvenir du *cher frère*, leur pieux ami.

Et maintenant, qu'est devenu cet ami de Dieu, le héros de ce simple récit? Je l'ignore : Ici s'arrête mon histoire. Mais quelque part qu'il habite, il vit heureux sans doute, et continue à faire le bien dans son humble carrière de dévouement et de pénibles travaux. Si Dieu l'avait rappelé de ce monde, pour récompenser sa vertu, qu'il daigne du haut du ciel nous faire sentir son appui, son secours; s'il vit encore ici-bas, et si jamais ce récit tombe entre ses mains, je lui demande encore de prier pour nous.

XX

Adieu.

Adieu ! Il y a dans ce mot sacré tout un monde de poésie. Nous effleurerons seulement ce beau sujet qui demanderait plus d'un chapitre. Aussi bien cet *adieu* il faut enfin le dire à notre pays, à nos parents, à nos amis, à tant de souvenirs d'enfance qui sont si pleins de charmes....

Mais ce mot sacré, on le vulgarise trop facilement, on le profane en quelque sorte. En comprend-on bien le sens, tout le prix et l'inestimable valeur ?

Et d'abord nous ferons remarquer que les deux syllabes de ce mot *adieu* doivent toujours être séparées. En dehors de cette séparation, il n'a plus son sens réel et véritable ; ce n'est plus qu'un mot banal qui ne rappelle rien. Mais dans l'*à-Dieu* consacré de la langue chrétienne, que de choses, de pensées, de sentiments ! Que de paroles qu'on ne dit pas, mais que l'amitié, que l'amour devine !..... Encore une fois, il y a là tout un monde de poésie tendre et sublime, que l'œil attentif de l'âme sait y découvrir.

A-Dieu, dira la pauvre mère à son fils, jeune marin, qui va bien loin d'elle affronter les périls de la mer. Oui, c'est *à Dieu*, mon enfant, que je te confie. C'est un bon père, vois-tu? ne l'oublie jamais. Il sera ton appui, ta sauve-garde. Avec lui et le secours de sa *bonne Mère*, non, mon enfant, tu ne peux pas périr.

A-Dieu, dit l'ami en embrassant son ami qui s'éloigne : au revoir bientôt, s'il plaît à la Providence. En attendant je vous laisse au bon Maître, au meilleur des amis. Non, si loin que vous soyez, mon âme est tranquille, et mon amitié craintive ne s'alarme point.

A-Dieu, dira la jeune épouse à l'époux bien-aimé qui part pour un long voyage, comme autrefois sainte Elisabeth de Thuringe au généreux prince qui partait pour la croisade et qu'elle ne devait plus revoir. Elle espère, quant à elle, revoir un jour et bientôt son époux, car elle le confie *à Dieu*, qui a béni naguère leur tendre et saint amour, et qui ne peut permettre qu'il se brise si tôt sur la terre. Et cette espérance affermit, console son cœur, et tempère l'amertume de ses larmes.

A-Dieu, dit à ses fils, à ses petits-enfants, à sa famille entière, une vénérable aïeule, étendue sur son lit funèbre, d'où son âme va bientôt s'exhaler dans le divin séjour. Levant ses bras amaigris sur tout ce qui l'entoure, comme autrefois les patriarches, elle bénit sa nombreuse postérité, au nom du Père, et du Fils, et du Saint-Esprit, et s'endort doucement dans le Seigneur, tranquille et consolée sur l'avenir des siens. Ce mot d'*A-Dieu*, qui clot ses lèvres mourantes, a mis la sérénité dans son âme. C'est pour elle comme l'arc-en-ciel qui, entr'ouvrant le seuil de l'éternelle patrie, lui présage en même temps pour ceux qu'elle aime ici-bas des jours exempts d'orages et d'écueils.

A-Dieu, dit encore à ses parents, à ses frères et sœurs, à ses amis, aux rives natales, le missionnaire chrétien qui s'embarque pour des contrées lointaines, où l'attend peut-être, avec de rudes travaux et mille souffrances, la couronne du martyre... *A-Dieu*, ô vous tous que je quitte pour lui. S'il m'est donné de revenir, de vous revoir un jour, je l'en bénirai. Si mes os doivent bientôt reposer sur quelque plage sauvage, abandonnée et bien loin de mon pays, je l'en bénirai encore. Le Dieu bon à qui je vous laisse et à qui je vais, n'ordonne-t-il pas tout pour notre plus grand bien? Qu'importe d'ailleurs où repose le corps! notre âme saura bien le retrouver un jour. En attendant, c'est par elle que nous serons réunis bientôt dans le séjour des cieux.

Et nous aussi, en terminant ce livre, nous devons le redire ce mot triste, mais consolant cependant, mêlé de douceur et d'espérance. *A-Dieu* donc, vénérable mère, parents chéris, rives bien aimées, amis et souvenirs d'enfance! Les vents d'automne ont secoué les dernières feuilles. Novembre est presque tout entier derrière nous. Il faut regagner le poste où m'a placé la Providence. Puisse-t-elle bientôt me ramener parmi vous!...

A-Dieu, dirai-je enfin, ô vous, lecteurs bénévoles, qui m'avez suivi dans cette longue route à travers le champ fécond des harmonies chrétiennes! En le parcourant, sous le soleil de la foi et l'influence des rayons du ciel natal, nous y avons moissonné ensemble quelques épis. Ce ne sont point les plus beaux, les plus magnifiques. Oh! non: la moisson aurait pu être plus riche, plus abondante. Tels qu'ils sont cependant, je vous les offre comme un aliment salutaire à vos âmes !

Autrefois, dans les champs de Booz, quand venait le soir, la moisson étant finie, toute la troupe des moissonneurs et des glaneuses se réunissait en cercle autour du patriarche, et là, tous agenouillés, ils faisaient monter vers Dieu une hymne de reconnaissance et d'amour.

Lecteurs chrétiens, notre moisson est finie à son tour. Imitons, nous aussi, les moissonneurs de Bethléem ; prosternés ensemble devant le Dieu de bonté qui a guidé nos pas, élevons vers lui nos mains suppliantes, et offrons-lui l'hommage d'un cœur pur et reconnaissant.

FIN.

TABLE

FIN DE LA TABLE.

— Lille. Typ. L. Lefort. 1858. —

☞ *Voir le Catalogue général.*

www.ingramcontent.com/pod-product-compliance
Ingram Content Group UK Ltd.
Pitfield, Milton Keynes, MK11 3LW, UK
UKHW031853260826
14628UKWH00002B/754

9 782013 039451